나는
나와
사이가
좋다

나의오늘 001

나는 나와 사이가 좋다

초판 1쇄 발행 2020년 9월 10일

지은이 김수정
편집인 옥기종
발행인 송현옥
펴낸곳 도서출판 더블:엔
출판등록 2011년 3월 16일 제2011-000014호

주소 서울시 강서구 마곡서1로 132, 301-901
전화 070_4306_9802
팩스 0505_137_7474
이메일 double_en@naver.com

ISBN 978-89-98294-91-5 (03810) 종이책
ISBN 978-89-98294-92-2 (05810) 전자책

나의
오늘
E.S.S.A.Y 001

김수정 지음

나는
나와
사이가
좋다

더블:엔

{나의오늘} 에세이 시리즈를 기획하며…

●
◆

평범하게 보통의 삶을 살고 있는 많은 '나'에 관한 차분하고 단단한 글을 시리즈로 엮어야겠다는 생각을 불현듯, 했습니다. 1,2년씩 고민한 기획이 아니라, 그냥 '나'의 이야기를 담은 에세이 원고가 두세 건 되니 오랜만에 '시리즈를 한번 해볼까' 했던 게 시작이었습니다.

작은 출판사 더블엔은 많은 여행작가들이 탐내던, 여행에세이를 잘 만들던 출판사였습니다. 그러다 편집자가 여행이야기에 흥미를 잃어가며 생활에세이, 그림에세이를 뜨문뜨문 발간하고 있었습니다. 이 시리즈는 정말 갑작스레 번개처럼 찾아온 아이디어였는데, 작가님들이 너무 좋아해주셨어요.

- "더블엔의 이쁜 시리즈에 넣어주세요."
- "네, 재밌고 감동적인 글들을 멋지게 묶어볼게요~."

그렇게 출발한 에세이 시리즈 '나의오늘' 입니다.

방송인, 유명인이 아닌 보통의 우리 옆집 언니 동생들, 그리고 '나'의 이야기입니다. 단, 글맛이 좋고 다음 내용이 궁금해서 화장실 갈 때도 책을 들고 가고 싶을 만큼의 필력을 갖춘 저자의 글만 모았습니다. (이러면서 제 책을 슬쩍 끼워 넣는다죠. 내맘대로 편집자입니다)

첫 책은 '별일 없이 살지만, 생각 없이 사는 건 아니에요'라며 서른여섯이 되어도 진로를 걱정하고, 아이 키우는 엄마라고 해서 육아 이야기만 쓰지는 않는다는 김수정 작가의 《나는 나와 사이가 좋다》입니다. 두 번째 책은 육아휴직 중인 수학교사 김해연 작가의 일상과 발레 예찬이 버무러진 《아이 앞에서는 핸드폰 안 하겠습니다》. 이어, 대학병원 간호사였다가 결혼과 출산 후 헬스케어회사의 방문간호사로 활동 중인 정희정 작가의 《달리니까 좋다, 엄마 간호사》, 잘 팔리는 책을 만들겠다는 꿈을 20년째 꾸고 있는 송현옥 편집장의 《50에는, ○○○》가 출간을 기다리고 있습니다.

뭔가에 지쳐 자신을 돌아볼 겨를이 없는, 그래도 자신의 존재가치를 믿으며, 충실히 오늘을 살아가는 30~50대 여자, 사람, 엄마들에게 추천합니다. (20대, 60대도요!!)

: 편집장 송현옥

커리어우먼으로 살 줄 알았는데

하고 싶은 것을 하는 사람의 얼굴에서는 해야 하는 일을 하는 이의 얼굴엔 없는 활기가 느껴진다. 누구나 하고 싶은 일만 하고 살 수는 없지만, 하고 싶은 일 하나쯤 품지 못하는 가슴은 추수가 끝난 뒤 들판처럼 쓸쓸하다. 그때의 내 마음이 그랬다.

겉으로 보이는 나와, 나조차 알다가도 모르겠는 또 다른 내가 광대 마냥 위태롭게 외줄을 타고 있었다. 하고 싶은 일, 해야 하는 일, 할 수 있는 일, 그중 어느 것 하나 제대로 해내지 못하고 있다는 생각이 들었다. 이제 막 엄마가 되어 육아 집중기에 들어서고 있을 때였다.

엄마의 일은 아주 명확했다. 아이에게 밥을 먹이고, 놀아주고, 씻기고, 재우고. 거기에 가족을 위한 일이 추가된다. 청소, 빨래, 식사 준비. 내게 주어진 엄마 혹은 아내의 역할을 해내느라 내 시간 전부가 흘러가고 있었다.

내가 하고 싶었던 건 제때 밥을 먹고 씻고 싶을 때 씻고 늘어지게 잠을 자는 일들이었다. 그러나 그런 일은 항상 우선순위에서 밀렸다. 누가 그러라고 한 것도 아닌데 엄마라면 응당 그래야 한다고 혼자 생각했던 모양이다. 주어진 일을 묵묵히 하면 됐지만 고되고 외로웠으며 사실 그리 보람차지 않았다. 한편으론 할 만했고, 다른 한편으론 벅차게 힘들었다.

잠이 많은 나는 밤에 열 번은 족히 깬 아이가 새벽에 울며 일어나면 그 아이를 안아 달래면서도 그저 잠이 자고 싶었고, 카페인이 모유수유에 좋지 않다는 걸 알면서도 커피가 그렇게 마시고 싶었다. (그래서 마셨다)

아침마다 세수도 하지 못한 채 아이 등원 준비를 끝내고 엘리베이터에 타면 예쁜 옷을 입고 출근하는 15층 아이 친구 엄마가 부러웠다. 나도 어디로든 출근이란 걸 하고 싶었다.

처음부터 그랬던 건 아니다. 고백하자면, 나는 일을 하며 가슴이 뛰는 사람이었다. 커리어우먼이 될 줄 알았다. 대단한 사람이 되려고 한 것도 아닌데, 그래도 이렇게나 평범한 삶을 살 줄은 미처 몰랐다. 내 모습은 꿈꾸던 것에서 많이 멀어져 있었다.

하루하루 열심히 살고 있음에도 그것이 모인 한 달, 일 년은 기억조차 나지 않는다. 그저 아이들이 한 뼘씩 커 있고, 내 나이에 한 살이 더해졌을 뿐. 나의 삶이 아이의 성장으로 치환되는 상황을 보며 헛헛함을 느끼고 있었다. 별일 없이 살지만 생각 없이 사는 건 아니었다.

그러다 문득 '이렇게 살다간 평생 하고 싶은 일을 못하게 되는 게 아닐까' 하는 생각이 들었다. 하고 싶은 일을 해봐야겠다. 하고 싶은 게 있는 사람의 빛나는 얼굴을 보며 바라고 또 바랐다. 배고플 때 먹고 졸릴 때 잠을 자는 '몸'이 시키는 일 말고, '가슴'을 뛰게 하는 그런 일이 무척이나 하고 싶었다.

뭘 하고 싶지? 뭘 해야 가슴이 뛸까? 한참 동안 생각했다. 그러다 문득 글을 쓰게 된 거다. 쳇바퀴 돌 듯 반복되는 내 생활을, 나조차 알 수 없는 내 마음을, 그럼에도 흘러가는 보통의 일상을 적어보기로 했다. 뭉툭해져버린 마음을 달래려고 조용히 책상에 앉아 연필을 깎는 마음으로 이 글들을 썼다.

그제야 내 마음에 귀를 기울이기 시작했다. 관계에서 중요한 건 이야기를 들어주는 일. 그건 나와의 관계에서도 마찬가지다. 글을 쓰며 나는 나와 사이가 좋아졌다.

글이 하나둘 늘어가자, 흘러가는 숱한 나의 날들이 명확해지기 시작했다. 운동을 하려고 춤을 추던 날, 밥하기 싫던 날, 나와 데이트하던 날, 드라마를 보며 설레던 날, 부부 싸움을 하던 날, 외롭던 날, 아무것도 하기 싫던 날. 일상이 글이 되자 나의 날들이 곱게 제 색의 옷을 입었다. 항상 내 곁에 있던 친구를 이제야 발견한 기분이다.

그동안 꾸준히 쓴 글들을 여기에 모았다.
나의 삶이었고, 진심이었으며, 그저 나였다.

내 일상이 누군가에게 공감이 될 수 있다면 좋겠다.

내 고민이 누군가에게 위로가 된다면 더할 나위 없이 좋겠다.

이도 저도 안 된다면 이런 사람도 있구나 생각하면 되겠다.

이 지극히 개인적이고 사적인 글을 읽다 어떤 이가 생각난다면 그 사람에게 수고했다 한마디 해주시길. 그게 본인이라면 더더욱. 그것이면 족하다. 세상을 바꾸려고 쓴 글은 아니니까.

뭘하고싶지? 뭘해야 가슴이 뛸까? 한참동안
그생각을 했던것 같다. 그러다 문득 이글을 쓰게된거다
쳇바퀴돌듯 반복되는 내생활을. 나조차 알수없는 내마음을
그럼에도 흘러가는 보통의 일상을 적어보기로 했다
뭉툭해져버린 나의마음을 달래려고 조용히책상에 앉아
연필을 깎는마음으로 이글을 썼다.

차 례

● ◆ ★

Part 2 ★
외향적이지만 혼자도 충분히 좋습니다

Part 3 ★
하고 싶은 만큼 말고, 할 수 있는 만큼

Part 4 ★
오늘도 안녕합니다

PART 001

나의 꿈은 비키니 입는 할머니

다이어트 따위 됐고,
춤이나 춥시다!

●
◆

★

아이가 어린이집에 가면 운동을 하고 싶었다. 누가 보면 내가 운동을 좋아하는 줄 알겠으나 그건 전혀 아니다. 나로 말하자면, 그 흔한 헬스장 한 번 가본 적 없는 사람. 헬스 같은 운동을 내가 좋아할 리 없다는 걸 나는 너무나 잘 알고 있다.

수영은 한동안 했는데 운동보다는 배움의 의미가 컸다. 그러니까 나는 운동을 좋아하지도 않고, 할 생각도 없으며 그간은 필요성조차 못 느낀 사람이었다. 땀 흘리는 것조차 싫어하니 나같은 사람이 운동할 일이 뭐가 있겠나.

건강검진 때마다 '운동 부족'이라는 진단을 받았지만 "그런 말은 나도 하겠다"며 코웃음 치고 넘긴 게 햇수로 벌써 6년째다. 그런 내가 문득 운동을 해야겠다고 생각한 건 걸어서 계단 한 층을 올라가는 것조차 힘겹게 느껴진 어느 날이었다.

아이들 등원을 마치고 집에 돌아가려는데 엘리베이터가 고장나 9층까지 걸어 올라가야 했다. 비상문을 열고 한 발 한발 계단을 올랐다. 2층도 채 못가 헉헉댔다. 걸어서 계단 한 층도 못 올라가는 이놈의 저질체력. 산책하자는 남편의 말이 달갑지 않았던 걸 보면 쭉 운동이 부족한 상태였던 걸 나만 몰랐다. "30대에 만들어놓은 근육으로 평생을 산다" 라는 믿거나 말거나 한 동네 언니들의 경험에서 우러나온 조언도 한몫했다.

그래, 운동이란 걸 해봐야겠다.

무슨 운동을 할까? 필라테스, 수영, 크로스핏, PT 중에서 나에게 맞는 걸 찾아보기로 했다. 헬스는 지금까지 안 한 이유와 같은 이유로 앞으로도 할 생각이 없다. 접영을 채 마스터하지 못하고 끝낸 수영이 가장 하고 싶었지만 안타

깝게도 근처에 수영장이 없다. '자기와의 싸움'이라는 PT도 잠깐 생각해봤는데 나는 나의 정신이 내 몸과 싸우는 상황을 스스로 만들고 싶지 않다.

남편은 필라테스를 권했다. 많이 들어봤는데 어떤 운동인지 영 감이 오지 않는다. 일단 한번 해보자는 생각으로 1회 체험 수업을 신청했다. 집에 있는 옷 중 운동복으로 보이는 옷을 대충 주워 입고 수업에 들어갔다. 나 빼고 모두 복장이 제대로다. 운동은 옷에서 출발하는데 시작부터 영 쭈구리같다.

타이트한 운동복을 아주 잘 소화한 강사는 내가 근 10년 동안 한 번도 쓰지 않은 근육을 자꾸 쓰게 했다. 수업을 하는 내내 나는 그 근육의 이름이 뭔지 전혀 궁금하지 않다는 것과 여태 쓰지 않은 근육을 왜 꼭 써야 하는가 하는 의문만 들 뿐이었다. 40분이 빨리 지나기를 바라고 또 바랐다. 내게 필라테스는 힘들고 지루했으며, 무엇보다 재미가 없었다(지극히 개인적인 느낌입니다).

그날 저녁 남편에게 "필라테스 체험 수업을 해봤는데 재미가 없어서 못하겠어" 라고 얘기했다. 그러자 "운동은 재미로 하는 게 아니야" 라는 대답이 돌아왔다.

새벽 6시에 출근해서 1시간 PT를 받고 이어서 수영을 하는 당신은 운동을 하며 재미 따위를 운운하는 나를 이해할 수 없겠지. 내가 뱃살을 빼려고 잠깐 복근운동(이라 말하고 다리 올렸다 내렸다 라고 읽는다)을 하고 있으면 그는 "세상에 복근만 뺄 수 있는 운동이란 건 없어" 라고 직언을 하는 사람이다.

'그냥 신나게 춤이나 췄으면 좋겠는데' 하던 차에 근처 복지관에 '다이어트 댄스' 강좌가 있다는 걸 알게 됐다. 다이어트는 됐고, 그냥 춤이나 추자!는 생각에 덜컥 수강신청부터 했다. 소싯적 H.O.T를 따라다니며 친구들과 춤깨나 추던 내가 아닌가. 원래 시작은 참 잘한다. 그 시작을 잘 안 해서 그렇지.

첫 수업날, 정각에 시작하는 줄 알고 맞춰 들어간 수업은 이미 한껏 달아오른 상태였다. 알고 보니 50분부터 몸 풀기를 시작한다고 했다. 수강생들의 나이는 20대부터 60대까지 다양해 보인다. 다들 안무를 잘 따라하는 걸 보니 한

두 달 춘 솜씨가 아니다. 별도로 동작을 설명해주고 이런 것도 없다. 그냥 음악에 맞춰 강사와 다른 사람들의 춤을 보고 눈치껏 따라 추면 된다.

흥미로운 건 음악이다. 수강생들의 연령처럼 다양한 음악이 흘러나왔다. 오승근의 '내 나이가 어때서', 박상철의 '자옥아' 등 트로트가 나오길래 트로트 댄스인가 싶다가 뒤이어 아바(ABBA)의 '맘마미아(Mamma Mia)', 브론디(Blondie)의 '마리아(Maria)' 등의 팝송이 나올 때는 에어로빅인가 하는 생각도 들었다. 만인의 애창곡 하이디의 '진이', 쿨의 '슬퍼지려 하기 전에' 같은 전통 댄스곡은 물론이고 비교적 요즘 노래에 속하는 투애니원의 '컴백홈(Come back home)'도 나왔다. 하다못해 백지영의 '사랑 안 해', 박지윤의 '하늘색 꿈'과 같은 발라드에 맞춰서도 춤을 춘다. 물론 이런 곡은 원곡의 몇 배쯤 빠른 비트다. 신박한 노래 조합이다.

'내 나이가 몇인데 트로트야?' 하는 생각도 했는데 웬걸, 머리와 다르게 나의 몸은 흥을 즐기고 있었다. 목소리 높여 따라 부르시는 분들이 있는 걸 보면 트로트가 빠질 수 없겠구나 싶다. 그렇게 40여 분 신이 나 방방 뛰며 춤을 추고 나니 거친 숨을 내쉬며 온몸에 땀을 흘리고 있는 내가 서 있는 게 아닌가!

언제 이렇게 시간이 흘렀지? 언제 끝나지 하며 시계만 보던 필라테스 수업과는 분명히 달랐다.

정말 오랜만에 느껴보는 땀이다. 오랜만에 몸을 움직여 땀을 쏟아냈고 그 과정이 즐겁고 신났다.

"아! 이거구나! 나에게 맞는 운동을 찾았다!
다이어트 따위 됐고, 춤이나 추자!"

내가 일주일에 3일 가는 다이어트 댄스 수업에서는 20대가 '자옥아' 노래에 맞춰 어깨를 들썩이고, 50대가 '컴백홈'에 맞춰 힙합 리듬에 몸을 맡기는 실로 흥겨운 경험을 할 수 있다. 신나게 땀을 흘릴 수 있는 운동을 찾았으니 그걸로 됐다. 근육은 차차 만드는 걸로 하자.

살은 빼고 싶지만,
떡볶이는 먹고 싶어

●
◆

★

운동을 시작한 지 한 달 만에 고민이 생겼다. 살이 찐 것
이다.

대단한 계획을 갖고 시작한 운동은 아니라 수업에 빠지
지 않고 나가는 것만으로도 일단 만족하고 있었는데 난데
없이 체중 증가라니! 운동을 하는데 몸무게가 느는 건 좀
너무 하지 않나?

'다이어트 따위 됐고, 춤이나 추자'고 했던 건 분명 진심
이었다. 처음 시작할 때는 즐겁게 땀을 흘리면 그만이라고
생각했다. 그래도 다이어트 댄스니까 춤을 추다 보면 살은

저절로 빠질 거라고 내심 기대했다. 그런데 되레 2kg이 찌고 말았다. 처음엔 몸무게가 는지 몰랐다. 선생님의 이야기를 듣고 몸무게를 재보기 전까지는 말이다.

그날도 나는 신나게 운동을 끝내고 집에 가려던 참이었다. 그때 선생님이 이러는 거다.

"운동 끝나고 가서 바로 밥 먹고 그러는 거 아니죠? 운동 앞뒤로 2시간은 공복이 좋아요. 탄수화물이나 당 많이 먹지 말고."

'엥? 나는 맨날 운동 끝나고 집에 와서 씻고 밥부터 먹었는데?'

운동하고 난 뒤라 어찌나 밥맛이 돌던지 많이도 먹었다. 그날 집에 와 몸무게를 재보니 2kg이 늘어 있다. 맙소사! 갑자기 찐 살의 원인이 아이러니하게도 운동에 있다니.

막상 몸무게가 늘고 보니 이러면 안 되겠다 싶었다. 살이 찌지만 않았어도 댄스 앞에 붙은 '다이어트'라는 단어에 욕심을 내진 않았을 텐데. 게다가 둘째를 낳고는 언제 빠질지 모른다는 뱃살도 얻지 않았는가.

살이 찐 마당에 선생님 말을 듣고도 전처럼 먹어댈 수는 없다. 일단 아침부터 안 먹어보자. 아이들 아침을 챙기면서 아침밥을 거르지 않은 게 벌써 햇수로 6년째. 하지만 10시에 운동을 하려면 8시 넘어서 먹는 아침을 끊어야 했다.

그런데 그다음에 더 큰 문제가 생겼다. 11시에 운동을 끝내고 2시간 공복을 유지한 뒤 1시가 되면 배가 정말 너무 고파서 참을 수 없는 지경에 이르는 것이다. 그때 점심 식사를 하면 내가 음식을 먹는지 음식이 나를 먹는지 나조차 알 수 없다. 폭풍 같은 식사를 끝내고 정신을 차려보면 빈 그릇과 폭식 뒤의 후회만이 남아 있다. 아침밥을 굶을 때만 해도 참 호기로웠는데, 인간이 이렇게 한 치 앞을 내다보지 못한다.

30대 초반까지만 해도 비교적 비슷한 몸무게를 유지해 온 내가 체중 고민을 하게 된 건 둘째를 낳고 난 뒤부터다. 첫째 때는 출산 후 서너 달 있으니 쪘던 살이 거의 다 빠졌지만 둘째 때는 그렇지 않았다. 결국 그 살은 육아가 제일 힘들다고 느껴졌던 둘째 돌이 돼서야 간신히 둘째 임신 전 몸무게로 돌아왔다. 뱃살은 남았으나 체중이라도 돌아와서 다행이라고 생각했다.

그런데 그 살이 다시 찌다니! 이대로는 안 되겠다 싶어 남편의 도움을 받기로 했다. 그는 항상 체중 조절을 하려고 노력하는 사람이다. 술을 좋아해서 방심하면 몇 개월 만에 10kg이 찌기도 하지만 살 빼는 것도 잘하는 사람이라 곧 마음을 가다듬고 다이어트에 돌입한다.

남편은 새벽 5시에 일어나 출근해서 PT를 받는다. PT가 끝나면 유산소 운동을 하기 위해 수영을 한다. 40분 내내 한 번도 쉬지 않고 수영을 하고 나와 몸무게를 재면 정확히 0.5kg이 줄어 있다고 한다. 이 집중 관리 기간에는 술도 자제하고 아침, 점심, 저녁 모두 다이어트식을 먹는다. 그렇게 3개월 동안 건강하게 10kg을 뺀다.

"오빠! 나 운동을 하고 있는데 살이 쪄. 물론 내가 운동하고 와서 점심을 좀 많이 먹긴 했지만."

"그러니까 그렇지."

"운동하니까 밥이 맛있어서 그렇지. 배가 고픈데 어떻게 하지?"

"배가 고픈 걸 참아야 해."

"…."

배고픈 걸 참아야 한다는 말에 더 이상 할 말이 없어졌다. 평생 배고프면 먹어야 한다고 생각해온 사람에게 그는 배가 고픈 걸 참아야 한다고 이야기하고 있다. 이런 이성적인 사람 같으니라고.

"그럼 어떻게 할까?"

"먹은 것보다 쓴 게 적으면 살이 찌는 거야. 사람의 몸은 정직해."

괜히 물어봤다. '남편같은 사람은 평생 살찐 사람을 이해하지 못하겠지' 하는 생각이 들었다. 그는 성인 여자가 하루 평균 2000kcal를 소비하는데 그것보다 덜 먹으면 천천히라도 살은 빠지게 돼 있다며 저녁에 같이 다이어트식을 하자고 권했다.

남편처럼 독하게 할 생각은 없고, 대신 약한 의미에서의 식단 조절을 하기로 했다. 작정하고 다이어트를 할 만큼 절실한 상황은 아니라는 자기 합리화가 있었다.

스스로 정한 규칙은 한 끼에 500kcal를 먹는 것. 500kcal × 3끼는 1500kcal이니 매일 500kcal 만큼의 살이 빠지겠지?

막상 식단 조절을 하기로 마음먹으니 갑자기, 불현듯, 뜬금없이, 떡볶이가 먹고 싶어졌다. 살은 빼고 싶지만 떡볶이가 먹고 싶단 말이다.

이렇게 갈대 같은 의지로 운동을 하고, 음식 조절을 하며 살도 빼려 하다니 내 욕심이 과한 것인가? 하는 생각이 들면서도 나는 지금 떡볶이가 너무나 먹고 싶다.

늙어서도 비키니를 입는
할머니가 되고 싶다

★

　미국 실리콘밸리의 산호세에서 한 달을 살아볼 기회가
생겼다.

　산호세에 도착한 다음날, 한국으로 치면 신사동 '가로수
길'이라 할 수 있는 산타나 로우(Santana Row)의 스테이크
집에서 점심을 먹기로 했다. 남편은 약속 장소가 고급 식
당이니 옷을 잘 차려 입고 가는 게 좋겠다고 말했다.

　옷을 몇 번이나 들춰봤지만 마땅한 게 없다. 이런 자리
가 있을 줄 알았다면 정장 원피스를 하나 챙겨 왔을 텐데.
그중 꽃그림이 그려진 긴 원피스를 입었다.

　옷도 옷인데 신발은 더 문제다. 운동화와 슬리퍼만 가져

왔기 때문이다. 원피스에 운동화를 신을 수는 없어 일단 슬리퍼를 신기로 했다.

'LB 스테이크'는 꽤 유명한 집이다. 특히 고기가 맛있다. 빵도 맛있고 함께 곁들여 먹는 버섯과 가지 구이도 맛있다. 모든 게 완벽했다. (내 옷과 신발만 빼면 말이다)

식사 자리에서 쇼핑 이야기가 나왔다. 지인은 미국에 오면 다들 쇼핑을 많이 해간다고 했다. 그러면서 몇 가지 브랜드를 콕 집어 예로 들었다. 그중 하나가 띠어리(Theory)의 캐시미어 제품. 한국에서는 못해도 3~4배는 더 한다며 꼭 사가라고 했다. 여자들은 요가복계의 샤넬이라 불리는 '룰루레몬' 옷을 많이 산다고 했다. 지금은 한국에 매장이 생겼지만 전에는 해외직구를 해야 살 수 있는 브랜드였다. 룰루레몬? 처음 듣는 브랜드다. 요가복계의 샤넬이면 엄청 비싸다는 거겠지?

식사를 마치고 나와 산타나 로우 거리를 걷는데 마침 룰루레몬 매장이 보였다. 구경이나 해보자 하는 마음으로 매장에 들어갔다. 가격표를 보니 가장 저렴한 레깅스가 하나에 100불선. '내가 요가강사도 아니고 이 가격의 레깅스를 입긴 좀 그렇지' 하는 생각을 하며 매장을 나왔다. 그러고 나니 신기하게도 이곳 여성들의 옷차림이 눈에 들어왔다.

여기서는 정말 많은 사람이 레깅스를 입고 다닌다. 지금 막 요가를 마치고 나온 듯한 옷차림이다. 처음 몇 명을 봤을 때는 근처에 요가 학원이나 필라테스 학원이 있나 싶었지만 그런 사람이 한둘이 아닌 걸로 보아 다들 운동을 하고 나온 게 아니다. 평소 입는 옷이 레깅스인 거다.

그 위엔 허리 위로 올라오는 크롭탑이나 탱크탑 혹은 티셔츠를 매치했다. 처음엔 Y존이 그대로 드러나는 레깅스를 보는 게 다소 어색했지만 그것도 계속 보니 편할 것 같긴 하다. 이런 옷차림을 '애슬레저룩'이라고 한다. '애슬레틱(Atheletic)'과 '레저(Leisure)'의 합성어로 일상복으로 어색하지 않으면서 운동복처럼 편하고 활동적인 스타일의 옷을 말한다.

다들 몸매가 좋아서 그렇게 입는가 하면 꼭 그런 것도 아니다. 다양한 체형의 여성들이 자신의 몸에 맞는 레깅스를 입는다. 키가 크건 작건, 살이 많건 적건, 덩치가 크건 작건

간에 말이다.

레깅스는 종류도 정말 다양하다. 발목까지 내려오는 게 있고, 발목 위에서 끝나는 것도 있고 종아리 중간 길이의 짧은 것도 있다. 색과 디자인도 선택의 폭이 넓다. 검정은 기본이고, 빨간색, 파란색, 핫핑크와 심지어 샛노랑색도 있다. 단색은 그나마 평범한 편. 다양한 패턴의 레깅스가 많다. 핸드폰은 레깅스 허리춤에 끼워 놓으면 그만이다. 여기에 눈부신 햇볕을 피하기 위한 선글라스면 코디 끝.

한국에서도 레깅스를 많이 입지만, 아직은 요가나 필라테스 등의 운동을 위해 입는 옷이지 거기에 허리를 드러낸 티셔츠를 입고 가로수길에 친구를 만나러 가는 일이 흔하지는 않다.

실리콘밸리의 대표적인 쇼핑센터인 스탠퍼드 쇼핑몰에서 만난 여성들도 마찬가지다. 스탠퍼드 대학교 안에서 만난 학생들의 옷차림도 비슷한 걸 보면 이곳 사람들에게 레깅스는 마치 청바지와 같은 용도인가 보다.

동네 놀이터에서도 그랬다. 서양인들은 대부분 레깅스와 편한 티셔츠 차림이었다. 재미있는 건 아시아인은 뜨거운 햇볕을 피하기 위해 오히려 긴소매 옷을 입고 챙 넓은 모자를 쓰더라는 점이다. 햇볕을 즐기는 사람과 햇볕을 피하는 사람이 함께 있는 놀이터는 그 장면만 보면 여기가 여름인지 가을인지 분간이 안 간다.

물이 있는 곳에서는 다들 그렇게 비키니를 입고 있다. 수영장을 가거나, 바다에 가거나, 호수에 가도 젊은 사람이든 나이 든 사람이든 간에 다들 비키니 차림이다. 요세미티 국립공원 강가에서 수영복 차림으로 그림을 그리던 할아버지 옆엔 비키니를 입은 할머니가 앉아 계셨다.

나도 비키니를 입던 때가 있었다! 그런 때가 있었더랬다. 배에 힘을 주면 그래도 뱃살을 감출만 하던 그 시절.

그러다 아이를 낳고, 남에게 보이는 몸을 의식하게 되면서 수영복 위에 반드시 래시가드와 쇼트 팬츠를 함께 입었다. 나만 그런 건 아닐 거다. 휴양지에서 만난 한국 사람들은 나처럼 래시가드를 입고 있었다. 태양을 피하거나 혹은 타인의 시선에서 자유롭기 위한 방법이지만, 어쩐지 래시가드를 입은 나보단 비키니를 입은 할머니가 더 당당해 보인다.

'그래! 남의 눈 신경 쓰지 말고 편하게 입어보자! 나도 레깅스를 입고 외출하겠어' 하는 생각이 들어 운동할 때 입으려고 갖고 온 레깅스를 꺼내 입었다. 그러자 남편이 한마디 한다.

"그렇게 입고 나가게?"

"왜~ 다들 이렇게 입고 다니던데."

"그래도 그건 아니지. 어떻게 그렇게 입고 다녀?"

"왜 못 입고 다녀!"

남의 눈은 신경 쓰지 않을 수 있지만 옆에서 불편해하는 남편은 신경 쓰지 않을 수 없다. 몇 번 호텔 앞 놀이터에 나갈 때는 레깅스를 입기도 했지만 시내에 나갈 때는 나 역시 레깅스만 입는 건 아무래도 남사스럽다.

그래도 이렇게 내가 입고 싶은 것을 입고, 먹고 싶은 것을 먹고, 하고 싶은 것을 하고, 살고 싶은 대로 살다 보면 나만의 삶을 살 수 있지 않을까? 그렇게만 된다면 남들 다 먹는 나이를 먹어도 별로 아쉬울 게 없을 것 같다(고 지금은 생각하지만, 또 그때 되면 어떤 생각이 들지는 나도 아직 나이가 들지 않아서 모르겠다).

할머니가 되어도 흰머리 휘날리며 당당하게 비키니를 입고 싶다. 가슴과 뱃살의 상황 따위 신경 쓰지 않고 바닷가에 돗자리 깔고 누워 햇볕을 즐기고 책을 보다 수영하러 바다에 뛰어드는 그런 할머니가 되고 싶다.

생일이 설레지 않기
시작했다

●
◆

★

　정확히 기억한다. 서른다섯, 나는 생일이 설레지 않기 시작했다. 서른넷까지만 해도 생일 몇 주 전부터 기다리던 생일이 말이다.

　생일이 설레었던 건, 저녁으로는 뭘 먹을까? 어떤 생일 선물을 받을까? 꼭 이런 것 때문만은 아니다. 일 년 중 하루 오직 나에게만 특별한 날이 있다는 점에서 나는 내 생일을 참 좋아했다. 자기 생일을 깜박하는 사람이 있다는데 나는 정말 그런 게 가능이나 한 걸까? 하는 생각을 했다.

　그런 내가 생일에 설레지 않게 되다니!

그렇다고 서른다섯 살 생일에 별일이 있었던 건 아니다. 그날은 월요일이었다. 생일이지만 여느 날과 다르지 않은 하루가 시작됐다. 아침 일찍 출근하는 남편은 아침에 아이들과 먹으라며 전날 저녁에 미리 미역국을 끓여 놓았다. 고마웠다. 하지만 다른 생일날의 설레는 기분이라기보다는 차분한 감정에 가까웠다.

아이들 등원 준비를 마치고 첫째는 유치원 버스에 태워 보내고 둘째는 어린이집에 데려다줬다. 그리고 보통의 날처럼 집을 정리하고 청소를 했다. 그러고 돌아서니 아이들 하원 시간. 아이들을 데려오고 조금 있으니 남편이 장을 봐서 퇴근했다. 함께 저녁을 준비했다. 둘째가 아직 어려서 외식보다는 집에서 식사하는 게 더 편하다. 이날 저녁 메뉴는 양갈비 스테이크. 짧은 시간에 샐러드와 스테이크, 스테이크 소스까지 만들었다며 남편은 그것에 더 만족해하는 것 같다.

생일날이라 메뉴가 특별하긴 했지만 그날의 대화나 분위기는 다른 날과 다르지 않았다. 남편은 생일선물로 뭘 해줄까 고민하다 뮤지컬 티켓을 예매했다. 일단 적당한 것으로 골랐으나 다른 걸 보고 싶다면 얼마든지 바꿔도 좋다고 덧붙였다. 참 좋아하던 뮤지컬이었는데 아이를 낳고는 거의 보질 못했구나.

그런 변화된 처지가 서운하거나 속상하지는 않았다. '그냥 그렇구나' 하는 생각이 들었을 뿐. 후에 나는 남편이 예매한 뮤지컬 표를 취소하고 〈라이언킹〉 내한 공연을 혼자 보러 가겠다며 호기롭게 한 자리를 예약했지만 결국 그것도 보러 가지 않았다. 무슨 부귀영화를 누리겠다고 그 겨울에 혼자 예술의전당까지 가나 싶은 생각이 우선 들었고, 첫째 아이가 8살이 되면 함께 봐야지 하는 생각이 나중에 들었다. 무엇보다 귀찮은 마음이 컸다. 결국 난 생일선물을 스스로 받지 않은 셈이 됐다.

남편은 내가 그의 생일 몇 주 전부터 뭘 갖고 싶냐? 뭘 먹고 싶냐? 물어도 크게 신경 쓰지 않는다. 아니 생일인데 어떻게 설레지 않느냐고 물었지만 남편은 그게 뭐 대수냐고 대답한다. 갖고 싶은 것도 없다고 했다. 그땐 그게 참 이해가 되지 않았는데 이제 내가 그렇게 됐네.

그동안 설레며 기다려온 내 생일은, 내가 태어난 기쁜 날이긴 하지만 365일 이어지는 일상의 어느 하루일 뿐이라는 생각이, 서른다섯 번째 생일날 문득 들었다. 앞으로도 매년 다가올 것이고, 그렇게 몇십 번의 생일을 맞겠지. 좀 더 현실적으로 생각하자면, 내 생일이라고 해서 뭔가 특별한 걸 할 수 있는 상황이 아니지 않은가. 또한 내 생일만큼 특별히 챙겨야 하는 날이 늘었다. 남편 생일, 아이들 생일, 결혼기념일, 양가 부모님 생일, 크리스마스, 어린이날 등.

며칠 전 첫째 아이가 물었다. "엄마, 생일이 내가 엄마 뱃속에서 나온 날이야?" 하고. 아이는 생일이 생일 축하 노래를 부르며 케이크에 꽂힌 초의 불을 끄고 갖고 싶던 선물을 받는 날인 건 알았지만 그날 자신이 엄마 뱃속에서 나왔다는 것까진 연결지어 생각하지 못했던 모양이다.

내가 "그렇지. 몰랐어?" 하고 말했더니 아이는 "그럼 엄마가 그날 많이 힘들었겠구나" 한다. 자신의 생일이 누군가가 자신을 힘들게 낳은 날이라는 걸 알고 저렇게 얘기하는 걸 보며 생일이라고 혼자 설레했던 나는 그럼 뭐가 되나 하는 생각이 들었다.

오늘은 엄마에게 전화를 해야지.

내가 예쁘지 않다고
말하는 것 같아서

●
◆

★

　그날의 언쟁은 내게 날카로운 칼날이 되어 가슴에 아프게 꽂혔다. 그 역시 그럴 의도는 아니었겠지. 하지만 내겐 그랬다. 지금 말고 나중에 라는 핑계로 질끈 눈감아버린 나의 치부가 드러난 기분이다.

　그날은 김경수 경남지사의 1심 선고가 있는 날이었다. 나는 하원한 아이들을 데리고 첫째 아이 친구 생일 파티에 갔다가 6시가 넘어 집에 들어왔다. 평소 같았으면 6시 전부터 식사 준비를 했을 텐데. 아이 둘을 데리고 나갔다 오느라 힘에 부쳤고, 시간이 늦어진 만큼 마음이 급했다. 곧

퇴근한 남편이 들어왔다. 그는 들어오자마자 그 이야기를 꺼냈다.

나는 대수롭지 않게 대꾸했다. "응, 오늘 구속됐더라." 남편은 격앙된 목소리로 사건에 대해 이런저런 얘길 늘어놨다. 그는 나와 함께 이 사안에 대해 얘기하며 분노하고 싶었던 모양이다. 그런데 어쩌지. 나는 지금 그것보다 아이들 저녁 식사가 먼저인데. 나의 "구속될 거 같긴 했어" 이 한마디에 남편은 "이 사건에 대해 잘 알고 얘기하는 거냐? 어떻게 그렇게 쉽게 말할 수 있느냐"며 이 말을 남기고 입을 닫아버렸다.

"이제 너와는 이런 얘기 안 해야겠다."

"뭐라고?"

갑자기 머리를 한 대 얻어맞은 기분이다.

부끄럽게도, 그때의 나는 정치문제에 관심을 끊은 지 좀 됐었다. 넘쳐나는 뉴스 속에서 기사를 쓰다 그것으로부터 멀어지면서 천천히 관심을 덜어내며 발을 뺐던 것 같다. 아이를 낳고는 더했다. 그럴 정신이 없었다는 건 핑계지만 정말 그랬다.

집에 TV가 없으니 뉴스를 보지 않은 날이 오래됐고, 핸드폰으로도 자연스럽게 뉴스 기사는 읽지 않았다. 솔직히 말하자면 매일이 버거운 육아의 나날 속에서 그런 뉴스를 보며 분노하는데 나의 에너지를 쏟을 상황이 못됐다.

"이제 나랑 이런 얘기 안 해야겠다니, 그게 무슨 말이야?" 저녁 식사를 하며 남편에게 물었다. 그리곤 우리의 긴 대화가 시작됐다. 남편은 이해한다고 했다. 아이들 보느라 힘든데 그런 문제에 관심 둘 여유가 없다는 거 아니까 이제 자신이 포기하겠다고 했다. 포기라는 단어에 갑자기 파도처럼 속상한 감정이 밀려들었다.

내가 남편을 만난 건 대학교 학보사 기자를 그만두고 야학을 찾았을 때였다. 그 이후에도 나는 직업적으로 사회 문제에 관심을 갖는 사람이었다. 그는 그래서 내가 좋았다고 했다. 자신이 잘 알지 못하는 사회 정치적인 문제에 대해 이야기하고 의견을 나눌 수 있어서. 이과생이던 남편 주위 사람과는 할 수 없는 이야기를 나와 함께해서 좋았다고 했다. 그 과정에서 그는 점점 사회문제에 관심을 갖고 분노할 줄 아는 시민이 되어갔다.

그러고 보면 결혼 즈음 내 친구들이 남편에게 나의 어디가 좋았냐고 물었을 때 남편의 대답이 좀 어리둥절하긴 했다. "수정이는 개념이 있어요. 그래서 좋아요."

나는 그때 이게 무슨 말인가 했다. '예비 신부의 웃는 모습이 예쁘다'와 같은 대답을 예상했는데, '개념'은 한 번도 생각해보지 않은 단어다. 결혼 8년 차가 된 이제야 그 말을 이해하게 됐다.

그가 이제 나는 그런 사람이 아니라고 한다. 탓하는 것도 아니고, 바꾸라는 것도 아니란다. 하지만 그의 얼굴에서 뭔가 포기하는 사람의 서운함을 나는 읽었다. 그 얼굴을 보니 나도 모르게 눈물이 났다. 뭐랄까. 다르게 이야기하자면 이런 말 같았다.

"나는 네가 예뻐서 좋았어. 근데 지금은 늙어서 예쁘지가 않네. 네가 늙은 건 이해해. 더 이상 예쁘길 바라지는 않을게."

이해한다는 남편의 말이 사실이라는 건 나도 알고 있다. 그런데 이해는 해도 이제 그 부분을 기대하면 안 될 것 같다는 말에 어쩐지 내 한쪽이 무너진 기분이다.

변한 상황을 그냥 받아들여야 할까? 아니면 그럼에도 불구하고 그 끈을 놓아버리면 안 되는 걸까?

그날 밤 나는 늦게까지 잠들지 못했다.

내가 변한 걸까?

그럼 앞으로 어떻게 해야 하지?

다시 변해야 하나?

아니면 인정해야 하나?

이런 생각들로 머리가 복잡할 때 누군가 말해줬다. 나의 상황이 바뀐 것이지, 내 본질이 바뀐 건 아니라고. 괜찮다며 아이 키울 때 다들 그렇다고 했다. 아이들이 조금만 더 자라서 엄마의 손길이 덜 갈 때가 되면 자연스럽게 우리 아이들이 살아갈 세상에 대해 누구보다 관심을 갖게 될 거라고 말이다.

다시 변할 필요가 없다는 그 위로가 그날 내게 정말 큰 위안이 되었다. 따뜻한 위로 고마웠습니다.

코로나 블루

●
◆

★

어제 같은 오늘이다. 내일도 오늘 같을 게 분명하다. 지난 금요일 아이들이 하원한 뒤부터니까 오늘로 딱 일주일이 됐다. 코로나 바이러스는 그렇게 내 일상을 덮쳤다.

수원은 벌써 두 번째 휴원이다. 2월 중순 확진자가 나오자 시내 모든 어린이집과 유치원에 휴원 명령이 내려졌다. 마음이 불안했던 몇 해 전 메르스 때와는 다르다. 신속한 결정에 오히려 다행이다 싶었다. 이때만 해도 확진자의 숫자를 셀 수 있었고 그들의 감염경로와 동선을 파악할 수 있었다. 아이들과 집에서 며칠 지내면 잠잠해지겠지 했다.

그러나 31번 확진자 이후 상황은 걷잡을 수 없이 심각해졌다. 일주일의 휴원 명령이 해제된 뒤 5일을 불안 속에 아이들을 유치원과 어린이집에 보냈다. 그래도 아직 이곳은 괜찮을 거라 믿고 싶었다. 다음 주 아이들을 어린이집과 유치원에 보내야 할지 판단이 서지 않았다. 안 보내는 게 안전하다는 건 알면서도 어쩌면 지금의 상황을 믿고 싶지 않았다.

다시 수원시에 확진자가 나왔다. 전에는 처음 들어보는 동네였다면 이번엔 같은 동네다. 빼도 박도 못하는 상황. 언제까지 일지 모를 어린이집과 유치원의 휴원 명령이 다시 내려졌다. 그렇게 금요일 오후부터 시작된 아이들과의 칩거 생활이 일주일을 맞았다.

첫 번째 휴원 때만 해도 사람들이 스스로 지킬 것을 잘 지켜주면 금방 끝날 수 있을 거라고 낙관했다. 그러나 지금은 이미 그런 걸 바랄 수 있는 상황이 아니다. 휴원이 더 늘어날지도 모른다. 누군 한 달이 될지도 모른다 했고, 누군가는 전 세계적인 대유행이 이미 시작됐다고 했다. 하루에 몇 백 명씩 늘어가는 확진자 수를 보니 눈앞이 캄캄하다. 그나마 집에 TV가 없어 다행이다. 뉴스를 봤다면 불안

함에 '코로나 바이러스 노이로제'에 걸렸을지 모른다.

모든 게 멈춰버렸다. 일상은 반복되지만 앞으로 나가지 않는 느낌이다. 아침에 일어나 아침밥을 해서 먹이고 설거지를 하고, 점심을 해서 먹이고 다시 설거지를 한다. 간식을 챙겨주고 돌아서면 저녁 식사를 준비해야 한다. 저녁을 해서 먹은 뒤 치우고 아이들을 씻긴 후 재운다. 남편은 지난 주말부터 몸살기가 있다며 따로 잠을 자고 있다. 밤까지 온통 내 몫인 셈이다. 이 생활이 얼마나 길어질까?

어떤 엄마는 아이가 하루 종일 "엄마 이리 와봐" 하며 부른다 했고, 어떤 엄마는 남편의 재택근무가 더해져 하루 종일 밥을 하는 자신이 꼭 식모 같다고 했다. 다른 엄마는 대중교통으로 서울 출퇴근을 하는 남편에게 서울 시댁에서 자차로 출퇴근하라며 올려 보냈다. 나는 식재료가 떨어질까 봐 다다음 주 장보기까지 주문을 해놨다.

삶이 앞으로 나아가지 않는다는 생각이 들자 저 깊은 곳에서 한숨이 흘러나온다. 한창 뛸 나이에 나가지도 못하고 꼼짝없이 집안에만 있는 아이들이 짠하지만 옴짝달싹 못하는 나의 하루도 안쓰럽다. 사람들은 이런 불안한 무기력을 '코로나 블루' 라고 이름 붙였다. 참 말도 잘 만든다. 눈을 뜨면서부터 눈을 감을 때까지 한시도 아이들과 떨어지지 않는 생활 속에서 내가 할 수 있는 것은 이 하루를 건강하게 흘려보내는 일뿐.

항상 2월은 짧았는데, 올해 2월은 참 더디 간다.
윤달이라 2월의 하루가 더 있다는 걸 오늘에야 알았다.

여자가 드라마를
보는 이유

●
◆

★

내 이럴 줄 알았다. 이래서 시작을 안 하려고 한 건데. 이미 되돌릴 수 없다. 드라마는 시작됐고 하루 종일 박서준 얼굴이 눈앞에 아른거린다. 밤에는 잠도 못 자고 박서준 생각만 하고 있다. 하다하다 이제는 박서준으로 글을 쓰고 있다니 진짜 미쳤나 보다.

나는 그의 서글서글한 눈이 좋다. 착하게 생겼다. 이마도 좋고, 매력적인 입술도 좋다. 내린 머리도 좋고, 올린 머리도 좋다. 티셔츠에 트레이닝 바지를 입어도 멋있고, 슈트를 입으면 아주 끝내준다. 그의 큰 키도 좋고 넓은 어깨도 좋다. 차근히 작은 역부터 쌓아 올린 필모그래피도 좋다. 그냥 드라마를 인생 드라마로 완성하는 그의 연기력은 더욱 좋다. 아주 그냥 다 좋다.

우리 집엔 TV가 없다. 그래서 2년이 넘도록 드라마 하나 볼까 말까 하다. 가끔 화제가 되는 검증된 드라마가 있으면 드라마가 끝난 뒤 몰아보는 편이다. 그래 봤자 근 5년 동안 본 드라마가 다섯 손가락 안에 꼽힌다. 그런 내가 가장 최근에 본 드라마도 박서준이 나온 〈김비서가 왜 이럴까〉였다.

그의 드라마는 2개쯤 봤다. 소처럼 일한다고 해서 '박소준'이라고도 불리는 그의 작품을 다 보지도 않고 무슨 팬이냐 반론할 수도 있겠지만 팬이 별거냐! 좋아하면 팬이지! 그리고 난 진짜 배우 중엔 몇 년간 박서준만 좋단 말이다(〈태양의 후예〉 송중기는 열외지 말입니다). 그는 꾸준히 나의 원픽이었다.

나는 잔상이 오래 남는 사람이다. 그래서 공포영화나 스릴러 영화, 잔인한 영화는 못 본다. 원래는 안 그랬는데 점점 간이 콩알만 해지더니 무섭고 잔인한 장면 때문에 잠을 설치는 날이 늘면서 이제 그런 영화는 안 보기로 했다. 여태 〈부산행〉도 못 봤다. 근데 이런 잔상은 무서운 영화에만 작용하는 게 아니다. 맘 설레게 하는 남자 주인공이 나오는 영화나 드라마를 봐도 그렇게 오래 생각이 난다. 영화 줄거리는 잘도 잊으면서 그런 장면은 잊어버리지도 않는다.

요즘 일상은 무료했다. 영 낙이 없는 거다. 애들 밥을 해먹이고 설거지를 하고 놀아주는 게 아무리 보람찬 일인들 한 달 내내 집 밖으로 나가지 못하고 이러고 있는 건 전혀 보람차지 않았다. 재미도 없고 감동도 없다. 지루함에 몸부림을 쳤다. 활력 없는 일상에 뭔가 대책이 필요했다.

그래서 드라마를 보기로 했다. 건빵 속 별사탕 숨겨두듯 아껴둔 거다. 나의 원픽 박서준이 나오는 2017년 드라마 〈쌈 마이웨이〉. 나는 밤마다 아이들을 재운 뒤 슬그머니 기어 나와 소리를 낮추고 박서준의 세계에 빠져들었다. 박서준을 좋아하는 건지 드라마 속 캐릭터를 좋아하는지 분간이 잘 안 되지만 그 캐릭터를 그렇게 연기할 수 있는 사람이라면 나는 박서준을 좋아하는 게 맞지 싶다.

문제는 드라마를 보느라 늦잠을 잔다는 것. 처음엔 하나만 보고 자야지 하고 시작하는데 한국드라마는 한 편만 보고 끝낼 수 없게 참 잘도 만든다. 두세 편을 보면 벌써 새벽 2시가 가까워온다. 잠자리에 누워서 설레는 마음으로 박서준을 검색하며 흐뭇한 미소를 짓는다. 더 늦게 자면 안 된다는 생각으로 억지 잠을 청하면 다음날 아침엔 당최 일어나기가 쉽지 않다.

늦잠을 잔 데다 아이들도 집에 있으니 그 다음 날은 피곤함이 턱밑까지 내려와 골골거리며 하루를 보낸다. 그러고도 또 밤이 되면 아이들이 잠들기를 기다린다. 나는 박서준을 만나러 가야 하니까. 이렇게 박서준에 미쳐서 며칠을 보냈다. 완결이 됐으니 망정이지 지금 방송되는 드라마였다면 드라마가 끝날 때까지 몇 달간 박서준 생각만 했을 거다. 한창 인기 있던 〈이태원 클라쓰〉를 정주행하지 않은 이유도 여기에 있다.

그렇다고 아이도 둘이나 있는 내가 박서준을 어떻게 해보겠다는 건 아니다. 유부녀가 외간 남자보고 설레는 건 법적으로나 윤리적으로나 적절한 그림은 아니다. 그러니 연예인을 보면서라도 설렘을 느껴야겠다. 불륜 따위로 이어질 확률 제로다. 얼마나 안전한가! 결혼한 여자들이 왜 그렇게 드라마를 보나 싶었는데 이런 이유가 아닐까? 같은 논리로 걸그룹을 좋아하는 삼촌팬의 순정 또한 존중한다.

'안 본 눈 삽니다'라는 말이 있다. 남편은 나보고 "아직 〈스타워즈〉 시리즈를 안 봐서 좋겠다"고 말한다. 나는 스타워즈는 됐고, 아직 박서준의 드라마를 다 보지 않아서 정말 좋다. 아직 더 설렐 수 있으니 말이다. 변태 같지만 앞으로도 그의 드라마는 서랍 속에 숨겨둔 초콜릿을 꺼내 먹듯 아껴서 볼 거다.

반짝반짝 빛나던 레오나르도 디카프리오가 지금은 더 끝내주는 배우가 돼 있어서 참으로 고맙다. 〈굿 윌 헌팅〉에서 나를 설레게 했던 지적인 맷 데이먼이 〈본〉 시리즈에서 날아다니는 모습을 보며 그렇게 흐뭇할 수가 없었다. 억지 같지만 박서준이 성장하는 모습을 보는 내 맘이 그렇다.

여하튼 지금 나는 이렇게 정신이 반쯤 나가 있는 상태다. 밤에는 박서준을 보느라 정신이 나가 있고, 낮에는 늦게 자서 골골대느라 정신이 나가 있다. 그래도 어제 〈쌈 마이웨이〉 마지막 회를 끝냈으니 이제 천천히 그에게서 빠져 나와야지.

무엇보다 중요한 건 내가 이러고 있는 걸 남편에게 들키면 안 된다는 것이다. 박서준 때문에 아내가 잠도 못 자고 있다는 걸 알면 기가 차서 말도 못 하겠지?

포기의 장점

●
◆

★

오랜만에 친구에게서 전화가 왔다. 남편이 승진했다고
했다. 그 바람에 남편의 야근이 늘었고 이젠 주말에도 출
근을 해야 하는 상황이 됐단다. 그동안은 혼자 두 아이를
한꺼번에 보는 일이 많지 않았는데 이제 어떻게 해야 할지
모르겠다고 했다. 그래서 내게 전화했단다. 남편 없이 아
이 둘을 보는 거 할 만한 거냐고 물어보려고.

"포기해."

"뭘 포기해?"

"남편이 빨리 퇴근할지 모른다는 기대를 포기하라고. 네
가 기대한다고 남편이 빨리 퇴근할 수 있는 상황이 아니잖

아. 포기하면 가끔 일찍 오는 게 얼마나 기쁘고 고마운데. 심적으로 그게 낫더라."

"그게 될지 모르겠다. 늦는다는 말에 화부터 나는데."

"매일 늦는 남편을 기다리며 속상해할 순 없잖아. 몸은 힘들어도 정신건강엔 그게 낫던데."

그녀의 하소연을 들으면서 나는 그때의 내가 생각났다. 정확히 나도 그랬기 때문이다.

둘째 아이가 아직 걷지도 못할 때였다. 애들과 지지고 볶다 오후가 되면 계속 시계만 본다. 남편이 오려면 3시간 남았구나. 2시간 뒤엔 오겠지. 7시인데 왜 아직 안 오지? 언제 와? 뭐 또 늦는다고? 그럼 미리 얘기를 해야지!

연차가 늘수록 남편 회사 일은 점점 많아졌고 퇴근은 늦어졌다. 주말에도 출근하는 날이 늘었다. 주5일 근무 따위 잊은 지 오래다. 그래도 기다렸다. 오늘은 일찍 오지 않을까 하는 마음을 내려놓기가 쉽지 않았다. 퇴근한 남편은 내게 구세주와 같았다.

그가 와야 저녁 설거지도 하고 (주방에 서 있으면 아이들이 돌아가면서 엄마를 불러댄다) 씻기도 하고(욕실에 들어가면 아들 둘이 욕실 문 앞에서 앉아 있다. 전에는 욕실에 들어가기만 해도 울고불고 난리였는데 그나마 나아진 상황이다) 아이들도 재울 수 있기 때문이다(둘을 같이 재우면 서로 장난치고 이야기하는 바람에 결국 잠드는 시간이 늦어진다). 이쯤 되면 나도 푹 절여진 파김치가 되어 아이들을 재우다 잠들기 일쑤다. 남편은 밤에 들어와 잠만 자고 또 새벽같이 출근한다.

그러다 둘째 돌 때쯤 남편이 승진을 했다. 이놈의 회사가 이러려고 남편을 그렇게 부려먹었나 보다. 그래도 그의 고생이 보상을 받아 다행이다. 문제는 남편 회사는 승진 시기가 되면 어마무시한 회식자리가 계속된다는 점이다. 한동안 남편의 존재는 잊어야 한다. 남편의 승진이 기쁘다가도 속상했고 혼자 아이들을 볼 생각에 걱정이 앞섰다.

포기해야겠다. 남편이 일찍 와서 함께 아이를 돌볼 수 있다는 기대 따위를 내려놓아야겠다. 그 희망고문이 더 힘들 것 같다는 생각이 들었다. 야근에 회식에 주말 출근까지 남편이 집에 있는 시간이 점점 줄었고 내가 아이들을 온전히 살펴야 하는 시간이 점점 늘었다. 그래도 포기하니 마음은 편했다. 아이들은 상황에 적응해갔다. 둘이서 노는 시간이 늘어갔고, 나는 둘을 한꺼번에 씻기는 방법도 터득했다. 둘을 동시에 재우는 시간도 점점 줄었다.

포기의 장점은 코로나 바이러스로 두문불출하는 이번에도 유효했다. 처음엔 근처에 확진자가 나올까 봐 전전긍긍했다. 솔직히 말하자면 확진자가 나와서 아이들이 등원을 못 할까 봐 겁났다. 근데 돌아가는 상황이 생각했던 것보다 심각했다. 그래서 내려놓기로 했다. 내가 어찌할 수 있는 상황이 아니니까. 그러고 나니 매일 저녁 '내일 보낼까 말까'를 고민할 필요도 없어졌다. 그쪽이 마음은 더 편했다. 그 후 어린이집과 유치원의 휴원 명령이 내려졌다. 가정보육 4주 차, 아이들도 나도 이제 이 생활이 점점 익숙해지고 있다.

'기대한다'는 건 설렌 일이지만 실망하게 만들기도 한다. '포기한다'는 건 단념을 말하지만 다른 한편으로는 다음을 준비하게 한다. 기대가 포기보다 긍정적인 것처럼 보여도 현실은 기대감만으로 살 수 없지 않은가. 포기하고 준비하는 차선이 우리에게 더 이로울 수 있다는 얘기다. 내가 어찌할 수 없는 상황을 두고 혼자 기대하고 혼자 실망하지 말자고 다시 한번 마음 먹는다.

엄마는 공무원 시험을
보라고 하셨어

●
◆

★

"공무원 시험을 보는 건 어떠니?"

잊을 만하면 한 번씩 엄마는 말씀하셨다. 내가 진로를 고민하고 있거나, 일을 잠깐 쉬고 있을 때, 아이가 좀 커서 이제 살 만하다 싶을 때도 엄마는 공무원 시험 얘길 꺼내셨다. 엄마의 근거는 대략 이렇다. 요즘 시대에 여자가 직업은 있어야 하고, 공무원은 정년이 보장되고 안정적이며, 육아휴직도 눈치 안 보고 3년은 쓸 수 있으니 아이 키우기 좋은 직업이라는 것이다. 아이를 낳고 일을 그만둔 딸이 집에만 있는 게 속상하셨던 것 같기도 하다.

엄마는 내가 공무원 시험을 치기만 하면 덜컥 붙을 거라

생각하시나 보다. "엄마, 미안하지만 그게 그렇게 쉬운 일
이 아니야. 다 내려놓고 시험공부만 해도 붙을까 말까 하
다고. 그리고 무엇보다 난 공무원 될 생각이 없어."

고슴도치도 제 새끼는 함함하다고, 엄마는 딸인 내가 무
한한 잠재력을 가졌다고 생각하신다. 그렇지 않고서야 TV
홈쇼핑을 보다 말고 "너도 쇼호스트 하면 잘할 텐데" 라든
가, 저녁 뉴스를 보면서 "너는 방송기자도 잘할 것 같은데"
하는 얘길 그렇게 쉽게 하실 리가 없다. 그런 얘기 중 아이
둘을 낳은 지금까지 꾸준히 하시는 게 바로 공무원이다.
충청도 시골 마을에 사시는 엄마에게 공무원은 딸에게 권
하고 싶을 만큼 좋은 직업인가 보다.

엄마가 처음 공무원 얘길 꺼낸 건 수능이 끝난 뒤 학교
입학 원서를 쓸 때였다. 이미 두 살 터울 언니는 엄마의 권
유대로 교대에 다니고 있었다. 엄마는 내게 한 곳은 쓰고
싶은 언론정보학과를 써도 좋으니 다른 한 곳은 교대, 또
다른 한 곳은 행정학과를 써보라고 하셨다. 점수는 교대 〉
행정학과 〉 언론정보학과 순이었다. 일단 교대는 떨어졌
다. 행정학과와 언론정보학과에 붙었는데 나는 주저 없이

언론정보학과를 선택했다. 물론 엄마는 내 결정을 존중해 주셨다.

대학교 4학년, 여기저기 원서를 냈고 참 많이도 떨어졌다. 엄마는 다시 공무원 얘길 꺼냈다. "요즘 취업하기도 힘든데, 공무원 시험을 보는 건 어때? 공부하는 동안은 엄마가 도와줄게." 그 전까지만 해도 졸업하면 금전적으로는 독립하는 거라고 말씀하시던 엄마였다.

"아니 뭔 공무원 시험이야~ 그게 취업보다 더 힘들어! 그리고 공무원 시험 볼 거였음 내가 그때 행정학과를 갔지."

첫 번째 회사를 그만뒀을 때도 그러셨다. 둘째가 어린이집에 가자 또 그 얘기다. 나는 다시 힘주어 얘기했다. "엄마, 나는 공무원이랑 안 맞아." 우리 엄마는 다행히도 강권하는 스타일은 아니다.

공무원 될 사람이 정해져 있고 그렇지 않은 사람이 정해져 있는 건 아니지만 분명한 건 나랑은 맞지 않는다는 것이다. 일단 진득이 앉아서 언제 붙을지 모를 시험을 준비하고 싶지 않다. 안정 지향적인 사람이 아닐 뿐더러 평생 묵묵히 한 길을 걸어갈 생각도 없다. 한 분야에 깊게 빠지지는 못해도 오만 것에 관심이 있고, 정해진 일을 하는 것보단 찾아 하는 일이 좋다. 앉아서 하는 일보단 사람을 만나며 하는 일을 선호한다. 물론 내 생각과 다른 일을 하는 공무원도 있겠지만 나는 의지가 없어 그런 일의 공무원이 있는지 찾아볼 생각이 없다. 확실한 건 내가 그것에 어울리는 사람이 아니란 것이다.

얼마 전, 고3이던 사촌동생이 대학교에 진학하지 않고 공무원 시험을 준비한다는 얘길 들었다. 누군 잘 생각했다고 했고, 누군가는 아깝다 했다. 그도 성인이 됐으니 분명 충분히 고민하고 내린 결정일 테니 존중한다. 다만 꼭 지금이어야 했나 하는 아쉬움은 있다. 여태 주어진 공부만 하다 이제야 자기가 하고 싶은 것을 찾고 그것을 위해 많은 경험을 쌓을 수 있는 시기가 됐는데 스스로 그 기회를 놓아버린 것 같아서다. 물론 공무원이 되고도 그럴 수 있겠지만, 스무 살의 경험과 서른 살의 경험은 여러 면에서 분명 다르다.

공무원은 좋은 직업이라고 나도 생각한다. 사회를 지탱하는데 꼭 필요한 일이다. 그들로 인해 정부가 운영되고 시민의 일상이 돌아간다. 엄마가 내게 공무원을 권하는 가장 큰 이유 중의 하나인 안정성과 정년 보장 역시 직업을 선택함에 있어 매우 중요한 문제임을 인정한다. 다만 나는 모두가 그 한 길을 향해 달려가는 사회 분위기가 아쉽다. 젊은이들에게 탐색의 기회와 실패의 여유가 허락되지 않는 세상이 안타깝다. 그 좁은 길을 향해 나까지 달릴 필요는 없다고 생각한다.

난임휴가와 육아휴직을 모두 쓴 언니가 얼마 전에 복직했다.

"언니, 선생님은 여자 직업으로 참 좋아. 육아휴직도 법대로 쓰고, 방학도 있고, 다른 직장과 비교하면 야근도 안 하고, 정년도 보장되고 말이야."

나 역시 '여자 직업 공무원'이라는 말에 편견을 가득 담고 있었나 보다. 언니는 그런 내가 답답하다는 듯 말했다.

"그게 여성인 선생님에게 얼마나 큰 족쇄인 줄 알아? 정년이 보장되니 쉽게 그만두지 못하고, 야근 없고 방학 있다는 이유로 아이를 돌보는 것도 다 엄마 몫이 된다고! 방학이면 쉬면서 돈 번다는 소리나 하고 있고 말이야! 좋긴 뭐가 좋아!"

　가장 큰 장점이라고 생각했던 것들이 정작 당사자에겐 가장 큰 단점이 될 줄은 미처 생각하지 못했다. 내 생각이 짧았다.

서른여섯이 되도록
진로 걱정을 할 줄이야

●
◆

★

'앞으로 뭘 하지? 어떤 일을 해야 할까?'

서른여섯이 되도록 진로 고민을 하고 있을 줄은 20대엔 미처 몰랐다. 지금쯤은 뭔가 이뤘어야 하는데, 어떤 면에서는 그렇지만 또 다른 면에서는 그렇지 않다.

둘째가 어린이집에 가면서 낮 시간이 생기자 고민이 다시 시작됐다. 대학교를 졸업하고 직업과 직장을 결정하면 내 앞길은 물 흐르듯 걱정 없이 흘러갈 줄 알았다. 순진했다. 물론 그때도 사람들은 '평생직장도 평생직업도 없다'는 자기계발서에 나오는 얘길 하곤 했지만 나는 그게 남 얘기라 생각했다. 평생 진로를 고민하며 살 줄이야….

　첫 직장을 결정할 때 내가 그 일을 잘할 수 있는가와 내가 그것이 될 수 있는가를 중요하게 생각했다. 하고 싶은 다른 일이 있었지만 그 문은 좀처럼 열리지 않았다. 그래서 하고 싶었던 또 다른 일을 직업으로 삼았다. 다행히 그 문은 어렵지 않게 열렸다.

　첫 직업이었던 기자는 정말 죽도록 술을 마시는 일이었다. 세상의 모든 고민을 끌어안고 고민하며 기사를 쓰고 술을 마셨다. 내 기사가 세상을 바꿀 수 있을 거라고 생각했다. 몸과 마음이 힘들었지만 버티고 버텼다. 그렇게 몇 년이 계속되자 매일 밤 온몸에 두드러기가 올라왔다.

　어느 해 송년회 회식 자리에서 나는 모든 사람이 보는 앞에서 기절하고 말았다. 일어나서 한마디 하라는 국장의 얘길 듣고 일어나려던 것까지 기억난다. 그 뒤 정신을 차렸지만 병원으로 실려갔다. 그날 처음 구급차를 타봤다.

　이렇게 일을 계속하다간 죽을 수도 있겠다 싶어 회사를 그만뒀다. 며칠 전 기절까지 한 나의 퇴사를 말릴 수 있는 사람은 없었다. 몸도 몸이지만, 세상을 바꾸겠다는 불타는 가슴은 일로 인한 스트레스가 잡아먹은 지 오래다. 직장도 직업도 모두 의미 있는 것이었지만 그때의 난 너무 지쳐 있었다.

첫 회사를 그만두고 아예 직업을 바꾸기로 했다. 재미있는 일을 했으면 했다. 두 번째 직장을 위해 국가에서 지원하는 교육과정을 이수했다. 방송 콘텐츠를 기획하고 유통하는 일이었다. 졸업 시 성적에 따라 원하는 회사를 선택할 수 있었다. 번듯해 보여서 선택한 두 번째 회사는 실상 다녀보니 껍데기뿐이었다. 이런 회사는 없어져야 한다는 생각도 했다. 타의에 따라 회사를 그만두게 됐을 때 오히려 다행이라고 생각했다.

두 번째 회사를 그만둘 당시엔 그동안 열심히 일했으니 당장 얼마간은 쉬어도 좋겠다는 생각이 들었다. 이미 결혼을 한 터라 당장 돈 걱정을 하지는 않아도 됐다. 하지만 나같이 가만히 있지 못하는 성격의 사람들은 쉬는 것도 불안하다. 이대로 집에 눌러앉을까 봐 걱정이 됐다. 내 나이 서른 즈음의 일이다.

별일없이 살지만
생각없이 사는건 아닙니다

앞으로 뭘 해먹고 살까 고민하던 차에 세 번째 직장을 만났다. 첫 직장 때 친하게 지내던 선배의 소개로 시작한 일이었다. 당시 사람들이 다니고 싶어 하는 회사 1위도 했던 곳이다. 나는 적당한 업무량에 적당한 책임감이 따르는 프리랜서로 계약했다. 세상의 모든 고민을 끌어안고 살던 과거의 나를 잊고 여유롭게 할 수 있는 일이었다.

그러다 첫 아이 출산을 한 달 앞두고 회사를 그만뒀다. 긴 터널 같은 육아가 시작되었다. 아이가 돌 즈음이 되자 다시 회사로 들어오면 어떻겠냐는 제안을 받았다. 본격적으로 일을 할 것인가. 아니면 일단 아이를 보면서 후일을 도모할 것인가. 고민이 깊었지만 친정과 시댁의 도움을 전혀 받을 수 없는 상황에서 하루 종일 아이를 맡기고 출근할 수는 없었다. 결국 그 제안은 정중히 거절했다. 동료들은 고맙게도 내가 프리랜서로 하던 일을 집에서 할 수 있도록 배려해줬다.

재택근무는 나름 만족스러웠다. 낮엔 아이를 보고 밤에는 글을 썼다. 일을 했다기보다는 일을 하고 있다는 안도

감이 주는 만족감이 더 컸다. 그 일은 둘째를 낳기 전까지 이어졌다. 그게 서른넷의 일이다. 그리고 두 번째 출산과 함께 근근이 명맥을 이어가던 내 경력도 뚝 끊기고 말았다. 다시 육아의 터널에 들어섰다.

아이 둘을 정신없이 돌보다 둘째가 어린이집에 가게 되니 내 안의 무엇인가가 또 꿈틀거린다. 뭔가를 하고 싶고, 해야 할 것 같은 느낌적인 느낌. 아이 둘 있는 서른여섯 여자 사람은 앞으로 무슨 일을 해야 할까? 아니 뭘 할 수 있을까? 다시 진로 고민이 시작된 것이다. 달라진 게 있다면, 출산 전에는 어떤 일을 하든지 나를 중심으로 생각했는데 지금은 나와 함께 가정을 중심에 놓고 생각해야 한다는 점이다.

취직 한 번 하면 평생 걱정이 없을 줄 알았는데 나는 내내 진로를 끊임없이 고민하며 살고 있다.

마흔이 넘은 남편 역시 이직을 고민하고, 평생 직업 걱정을 하지 않을 것 같은 공무원 교사 언니도 그만두고 싶은 생각을 떨치지 못한다. 평생 농사만 지은 일흔이 다 되신

아빠조차 앞으로 뭘 해야 할지 고민하는 걸 보면 아주 많은
이들에게 이 고민은 평생 끝나지 않을 수도 있겠다 싶다.

하고 싶은 것을 합니다

●
◆

★

S처럼 하고 싶은 게 많은 사람은 처음 봤다. 하고 싶은 일이 생기면 해보고 싶어 참을 수가 없는 얼굴이다. 빵과 쿠키를 굽고, 캘리그래피를 배우고, 그림을 그리며, 미싱을 돌린다. 가죽공예 지도사 자격증도 갖고 있다. 최근엔 종이접기를 시작했다. 봄이 되면 쑥을 뜯어 쑥떡을 해 먹고 화살나무 새순을 따다 나물을 무친다. 가을에 제철 무가 나오면 채 쳐 말리고, 겨울이 되면 1년 내 먹을 생강청도 만들어둔다. 다 좋아서 하는 일이다. 뭐든 해보고 싶은 S는 사실 잘 나가는 그래픽 디자이너였다.

J는 손이 참 야무지다. 뭘 만들어도 뭇사람들의 것과 달랐다. J가 만든 시금치 프리타타, 치즈 케이크는 보기에도 좋고 맛은 더욱 좋았다. 툭 건네는 선물엔 센스가 넘친다. 문득 그녀는 아이들이 마음껏 만들고 놀 수 있는 미술 수업을 해보고 싶다고 했다. 아이들의 도전에 관대하고 엉뚱함을 칭찬할 줄 아는 그녀라면 잘하겠다 싶어 내 아이도 등록했다. 아이는 그 미술 시간을 무척 좋아했다. 하고 싶은 일을 자기 방식으로 해내는 J에게선 에너지 같은 게 느껴졌다.

처음 K의 집에 초대받았을 때가 기억난다. 책장을 구경하고 있었는데 그녀가 책 한 권을 꺼내 보였다. 고등학교 수학 선생님인 K는 그 책을 들고 눈을 반짝였다. 아는 선생님이 쓴 책인데 멋지지 않냐고 내게 되물었다. 그 후 K는 내가 속한 글쓰기 모임에 들어와 꾸준히 글을 썼고 그 글을 모아 책 출간을 앞두고 있다. 평생 큰 키에 팔자걸음이 콤플렉스였던 K는 자신의 몸이 발레하기 좋은 조건이란 걸 뒤늦게 깨닫고 꾸준히 발레를 배우고 있다. 책과 발레 이야기를 할 때 K는 그 어느 때보다 생기가 넘친다.

O가 회사를 그만두고 꽃을 배운다고 했을 때 나는 좀 멋지다고 생각했다. 지금까지 쌓아둔 것을 내려놓고 영 딴판인 세계로 들어설 용기라니! O는 육아 휴직을 한 뒤 남편과 지내기 위해 내려간 홍천에서 자주 서울행 버스에 몸을 실었다. 하고 싶은 일 앞에 운전 못하는 것쯤은 아무것도 아니다. 아이가 있고, 어제 야근을 했고, 주말에 못 쉬었고 이런 건 그녀에게 중요하지 않았다. 하고 싶은 게 있다면 말이다. 그런 O가 꽃을 만지자 그녀에게선 꽃향기를 머금은 아우라가 느껴졌다.

하고 싶은 것을 하는 사람의 얼굴에서는 활기 넘치는 기운 같은 게 느껴진다.

하고 싶은 일을 해봐야겠다. S와 J와 K와 O처럼.

PART 002

외향적이지만
혼자도 충분히 좋습니다

서른여섯,
안녕한가요?

★

서른여섯, 지금의 나를 글로 기록해두지 않으면 아무도 기억해주지 않을 것 같다는 생각이 문득 들었다. 서른넷의 내가 그랬고, 다음 해의 나 역시 그랬기 때문이다. 하루하루 열심히 살았는데 그것이 모인 한 달, 일 년은 나조차 무엇을 했는지 기억나지 않는다. 내가 다시 글을 쓰려는 이유가 거기에 있었다.

스물넷의 나는 기자였다. 단독기사를 들으면 빨리 글을 쓰고 싶어 심장이 두근두근했다. 일을 하면서 가슴이 뛰는 걸 느꼈다. 스물일곱엔 하던 일을 그만두고 잠시 배움의 시기를 가졌다. 그리고 두 번째 회사생활을 시작했다. 좋은 회사는 아니었지만 번듯해 보이는 회사였다. 내가 하는 일은 꽤 그럴싸했지만 실상은 그렇지 않은 일을 그럴싸하게 포장해 기획서를 만드는 일이었다. 나는 그 회사를 좋아하지 않았다.

서른 살엔 많은 사람들이 다니고 싶어 하는 회사에 출근하고 있었다. 결혼을 했으니 결혼에 대한 압박감이 없었고, 일은 손에 익어 힘들지 않았으며, 함께 일하는 사람도 좋았다. 걱정도 없었다. 별일 없이 살았다. 그 모든 시절 나는 글을 쓰고 있었다. 기사든, 제안서든, 리포트든.

서른여섯의 나 역시 별일 없이 살고 있다는 점은 정말 감사한 일이다. 하지만 너무 별일이 없다. 여섯 살 첫째 아이가 편식을 한다는 것과 둘째가 첫째와는 다르게 어디든 올라가려고 한다는 것 말고는. 하루, 한 달, 일 년을 돌아보면 아이들이 크고 있다는 것 외에 나에게 아무런 일도 일어나지 않는 것 같다는 생각이 들었다.

사람들은 엄마들이 위대한 일을 하고 있다고 토닥이지만 사실 그런 말은 내게 전혀 위로가 되지 않는다. 근근이

흐르는 나의 모든 하루에는 그 나름의 의미가 있다

그동안 했던일, 지금 하고싶은일, 앞으로 할일을
글로 적어놔야겠다. 머릿속의 생각보단
손끝으로 적어낸 글의 힘이 더 클것이라 믿는다
별일은 없지만 생각조차 없이 사는건 아니다.

잡고 있던 일을 놓고 전업 육아의 세계에 뛰어든 것에 후
회는 없지만 아쉬움은 남는다. 다시 돌아가도 같은 선택을
했을 거라고 자신하면서도, 아이의 나이만큼 나의 쉼표가
길어지고 있음이 불안하다. 나만 그런 건 아니겠지.

"서른한 살에 뭐했어?"
"회사를 그만두고 아이 낳았지."
"그럼 서른둘엔?"
"집에서 일하면서 아이를 봤지."
"서른세 살엔?"
"둘째가 생겼어."
"서른넷은?"
"아이를 키우고 있었고 또 다른 아이를 낳았지."
"서른다섯은?"
"아이 둘을 봤지."

질문은 짧아지고 대답은 점점 갈 길을 잃는다. 서른여
섯, 나는 지금 무엇을 하고 있는가.
지금 내가 무엇을 하고 있지 않다는 생각이 드는 이유는

아마도 글을 쓰지 않고 있어서가 아닐까?

그 생각이 들고부터 무척 글이 쓰고 싶어졌다. 머릿속의 생각을 정리해야 했다.

그동안 했던 일, 지금 하고 싶은 일, 앞으로 할 일을 글로 적어놔야겠다. 머릿속의 생각보단 손끝으로 적어낸 글의 힘이 더 클 것이라 믿는다. 별일은 없지만 생각조차 없이 사는 건 아니다.

흐르는 나의 모든 하루에는 그 나름의 의미가 있다.

나는 나와
사이가 좋다

●
◆

★

"혹시 글쓰기에 관심 있는 분 계세요?"

그날 밤, 아이들이 잠든 후 깨 있었던 건 순전히 우연이
었다. 잠이 오지 않아 멀뚱히 천장을 쳐다보다 침대맡에
두었던 휴대폰을 집어 들었다. 그러다 맘 카페에 올라온
글을 보게 된 거다. 글쓰기 멤버를 모집하는 글이었다. 글
쓴이는 책을 내보고 싶은 생각에 혼자 글을 쓰고 있다고
했다. 홀린 듯 댓글을 달았다.

"밑도 끝도 없지만, 저도 함께할 수 있을까요?"

'할 수 있을까?' 하는 이성보다는 '하고 싶다!'는 감정이
앞서 있는 상태였다. 떨리는 마음으로 단 댓글에 답장이

왔다. 그렇게 다소 '즉흥적으로' 글쓰기 모임에 합류했다.

머리보다 손가락이 먼저 움직였던 걸 보면 그때의 나는 귀가 큰 임금님의 왕관을 만든 복두장의 마음을 닮아 있었나 보다. 딱히 비밀이랄 건 없지만 "임금님 귀는 당나귀 귀!" 하며 소리치고 싶은 심정은 매한가지였다. 글이 내게 '대나무 숲'이 되어줄 수 있지 않을까? 그날 밤 나는 오래도록 잠들지 못했다.

나란 사람이 본디 그렇다. 계획적이기 보다 즉흥적이다. 하고 싶은 게 불현듯 떠오르면, 생각을 실행하는데 그리 많은 시간이 걸리지 않는다(그렇다고 뭘 그렇게 자주 시작하는 사람은 아니다). 누군가는 다소 충동적이라고 얘기하지만, 또 다른 누군가는 실행력 있다고 말한다. 일단 해보고 아니면 그만두면 된다.

다음날, 정신을 차리고 보니 어제 내가 무슨 결정을 한 거지? 내가 글을 쓸 시간이 어디 있다고! 시간이 없다는 건 핑계라는 충고는 사양한다. 아이 둘 키우는 엄마의 일상은 누군가가 그리 쉽게 얘기할 만한 것이 아니다. 다 저마다의 사정이 있는 거다.

일단 사태를 수습해야 했다. 다시 모임 리더에게 연락했다. "다른 분들도 다 바쁘신 분들이겠지만 제가 아이 둘 키우는 엄마라서요. 괜찮다면 한 달 뒤에 합류해도 될까요?" 한 달이면 3월 어린이집 입소를 앞둔 둘째가 넉넉히 적응할 수 있는 시간이라고 생각했다.

한 달 뒤, 아이가 낮잠을 시작한 다음날부터 본격적으로 글쓰기를 시작했다. 글쓰기 모임의 룰은 간단하다. 일주일에 한 번 마감 전까지 밴드에 글을 올릴 것, 그리고 서로의 글에 댓글을 달아줄 것. 분량도 소재도 자유다. 대신 첫 글에 앞서 자기소개를 써 달라고 했다.

자기소개라. 나를 소개하는 건, 입사 원서 이후 10년 만에 처음이다. 몇 번을 쓰다 지우다를 반복한 글을 떨리는 마음으로 밴드에 올렸다. 다행히 멤버들 모두 반갑게 맞아주었다. 그리고 그다음 주에 쓴 첫 글이 (앞의 글 80~84쪽) '서른여섯, 안녕한가요?'다. 제일 쓰고 싶었던 글이 내게 안녕한지 묻는 것이었다니!

오랫동안 내려놓았던 글을 다시 쓰면서, 뭔가 쾌감 같은 걸 느꼈다. 글로 밥 벌어먹던 사람은 안다. 마감이 끝난 뒤에 느끼는 날아갈 듯한 해방감과 가끔(자주는 절대 아니고) 글을 완성한 뒤 느끼는 심장 쫄깃한 기분을 말이다. 그제야 알았다. 글이 쓰고 싶었다는 것을. 글이 쓰고 싶어진 건 참 오랜만이다.

매주 한 편씩 썼다. 글을 쓴다는 의무감과 마감을 지켜야 한다는 긴장감이 생겼다. 즐길 수 있는 적당한 정도다. 무료하던 일상에 탄력이 생겼다. 핸드폰 메모장에는 쓰고 싶은 글 아이템이 쌓여갔다. 그렇게 글쓰기가 내 일상으로 들어왔다.

내겐 다른 누구의 위로보다 내 위로가 절실했다. 글이 나에게 그 위로란 걸 해줬다. 심통이 나 삐죽 대던 마음이, 힘들고 지쳐 비틀대던 몸이 글을 쓰자 그제야 서로를 보듬기 시작했다. 글은 내 대나무 숲이 되어주었다.

- 운동하며 나와의 싸움을 하느니 차라리 춤을 추겠다.
- 열심히 다이어트 댄스 수업을 하며 땀 흘린 나를 위

해 점심엔 떡볶이를 먹으련다. (맛있게 먹은 떡볶이는 0kcal 맞죠?)

- 지극히 외향적이지만 혼자도 충분히 좋다.
- 아무것도 안 하는 게 아니라 그냥 쉬고 있는 거다.
- 최선을 다한 결과가 최고는 아닐 수 있다. 괜찮다.
- 남들 사는 대로 말고, 내가 살고 싶은 대로 살리라.

글이 된 내 마음은 나를 쓰다듬으며 내게 그렇게 해도 괜찮다고 말해주었다. 아등바등하는 나도, 그렇지 않은 나도, 있는 그대로 받아주었다. 모든 게 멈춘 듯한 지금도 다 의미있는 시간이라고 말해주었다. 그 무엇도 다 괜찮다고 내게 말해주었다.

글을 쓰며 나는 나와 사이가 좋아졌다.

애 볼래?
밭 맬래?

●
◆

★

그 자리에 여자는 다섯이었다. 얼마 전 손주 육아로 대
상포진에 걸린 고모 이야기가 나왔다. 고모는 일하는 아들
부부를 대신해 손주들을 돌봐주고 계셨다. 그러다 몸이 점
점 안 좋아지더니 결국 대상포진에 걸리신 거다. 대상포진
의 악명 높은 통증은 익히 들어 알고 있다. 만병의 근원인
스트레스와 면역력 약화가 의심이 되지만 그 자리에 있던
모든 이들은 황혼의 손주 육아가 대상포진의 근본적인 원
인이라고 입을 모았다.

한참 육아가 힘에 부치던 나는 절대적으로 공감했다. 고

모의 힘들었을 육아가 안쓰러웠다. 그러다 그 자리 여자들에게 물었다.

"그럼, 다들 아기 보는 것과 일하는 것 중에 뭘 선택할 거야? 다시 말해, 애 볼래? 밭 맬래?"

그 자리에 있던 엄마, 작은엄마, 언니, 나, 여동생은 과연 어떤 선택을 했을까?

언니는 애를 본다고 했다. 몇 년째 아이가 생기지 않아 난임휴직 중이던 그녀는 시험관 시술을 준비하고 있었다. 아이들이 크는 내내 미용사로 일했던 작은엄마도 아이를 보겠다고 했다. 미혼의 동생은 일을 선택했다.

나는 "밭을 매겠다"고 했다. 일 한다는 얘기다. 내 전업 육아엔 달리 선택의 여지가 없었다. 누구든 아이를 돌봐 줄 사람이 있었다면 분명 회사로 돌아갔을 것이다. 한국의 워킹맘이 조력자 없이 회사에 다니는 건 쉽지 않은 일이다. 그러면서 나는 육아가 얼마나 힘든 일인지 일장연설을 늘어놓고 있었다.

곁에서 가만히 듣고 있던 엄마가 말했다. "진짜 밭을 안 매봐서 그런 얘길 하지. 한여름에 하우스에서 일을 안 해봤으니까."

그 자리에 있던 다섯 명의 여자 중 정말 밭을 매본 사람
은 엄마뿐이었다.

농사를 지으시는 우리 부모님은 4남매를 키우면서도 세
딸들에겐 농사일을 잘 안 시키셨다. 얘기를 하신 적은 없지
만 딸들이 나중에 힘든 일을 하지는 않았으면 하는 바람이
었을 거다. 그래서 막내인 아들은 불만이 많았다. 지금도
막냇동생은 일손이 부족할 때마다 아빠의 부름을 받는다.

진짜 밭을 매봤냐는 엄마 앞에서 더는 말을 이을 수가 없
었다. 한여름 수박 농사를 위해 들어만 가도 숨이 턱턱 막
히는 비닐하우스에서 땀에 흠뻑 젖어 수박 순을 따는 엄마
를 앞에 두고 말이다.

"애 볼래? 밭 맬래?" 라는 질문을 하며 나는 '나 힘든 것
좀 알아달라'는 말을 하고 싶었나 보다. 육아는 고모가 대
상포진에 걸릴 만큼 힘든 거라며 생색을 내고 싶었나 보
다. '내가 이렇게 힘든 육아를 하고 있다. 수고한다고 말해
줘, 대견하다고 토닥여줘' 하고 말이다.

농사를 지으며 아이 넷을 키운 엄마와, 미용실을 하며 아

이 둘을 키운 작은 엄마, 아이를 갖고 싶어 직장을 쉬고 시험관 시술을 하는 언니에게 나의 투정은 어떻게 들렸을까?

내 일이 제일 힘들다고 생각하던 때가 있었다. 나는 만성 두드러기를 앓고 있는데 이건 일할 때 생겼다. 낮엔 멀쩡하다 저녁만 되면 스멀스멀 올라와 온몸을 뒤덮는다. 밤새 그 가려운 고통과 싸우며 내일 아침은 정말 출근을 안 했으면 좋겠다고 생각했다. 스트레스가 극에 달할 때마다 한 번씩 찾아오는 두드러기는 그렇게 수개월 나를 힘들게 하고 사라지곤 했다.

지금의 두드러기는 다시 올라온 지 1년 3개월쯤 됐다. 둘째의 돌이 지났을 무렵이었다. 두드러기는 치료약이 있는 게 아니라 항히스타민제를 먹으며 낫길 기다리는 수밖에 없다. 둘째가 어린이집에 가고 숨통이 좀 트였다. 1년이 넘도록 이틀에 한 알씩 먹던 약을 먹지 않은 지 오늘로 딱 일주일 됐다. 이번 두드러기는 좀 오래갔다.

늘그막에 손주를 보다 대상포진에 걸린 고모의 고단함과, 밭일을 해가며 4남매를 키운 엄마의 고단함의 경중을 비교할 수 있을까?

아이를 갖고 싶어 휴직을 하고 시험관 시술을 하는 언니의 간절함과 육아에 전념하고 있지만 여전히 마음 한편에 남아 있는 일에 대한 나의 간절함을 비교할 수 있을까?

애를 보는 이도, 밭을 매는 이도 자신이 할 수 있는 최선의 선택을 했고, 지금 그 선택을 책임지고 있을 뿐이다. 애를 봐도 힘들고, 밭을 매도 힘들기는 매한가지라는 말이다.

우린 모두
누군가의 워너비

●
◆

★

　전쟁 같은 아이들 등원 준비를 마치고 엘리베이터 앞에 섰다. 천천히 열린 문 안쪽으로 반듯한 옷차림에 화장까지 완벽한 출근하는 여자가 서있다. 15층에 사는 둘째 아이 어린이집 친구 엄마다.

　"안녕하세요" 인사를 건넨 다음 돌아서서 시선을 정면에 고정한다. 은은한 화장품 향이 가득한 엘리베이터 안에서 나는 문득 아침에 일어나 세수도 하지 못한 게 생각났다. 내려가는 동안 엘리베이터의 문이 꼭 벽같이 느껴졌다.

　아이들을 보내고 들어와 난장판이 된 집을 우두커니 바라보다 그런 생각이 들었다.

'멋진 커리어 우먼이 될 줄 알았는데….'

뭐 대단한 걸 꿈꾼 건 아니다. 적어도 계속 일은 할 줄 알았다. 오랜만에 만난 사람들이 "네가 집에서 아이 키울 줄을 몰랐어"라는 말을 할 때마다 나는 속으로 대답했다. '나도 그럴 줄은 몰랐어'라고.

일할 때 생각이 났다. 회사에서 한 달에 한 번 월간 뉴스레터 발행을 마친 다음 날 점심은 좀 여유롭게 하곤 했다. 회사에서 10분쯤 걸으면 트렌디한 맛집이 모여 있는 식당가가 나온다. 그런 날은 점심 회식을 하듯 천천히 식사를 하고 커피까지 마시는 호사를 누렸다.

11시 30분, 식사를 하긴 좀 이르지만 식당엔 벌써 자리가 몇 남지 않았다. 다른 테이블의 중년 여성 모임은 벌써 식사가 거의 끝났고, 그 옆 테이블의 아기 엄마들은 식사보다는 이야기에 더 집중하는 모습이다.

"와~ 이 동네는 팔자 좋은 사람 많네요. 이 시간에 식사라니."

"다시 태어나면 '이 동네 아줌마'로 태어나야지 원."

귀에 거슬리는 농담이 오간다. 나 역시 말은 안 했지만 비슷한 생각을 했던 것 같다. '누구는 아침 일찍 출근해서 일하기 바쁜데 저 아줌마들은 무슨 팔자가 좋아서 맨날 브런치나 먹고 다니는 걸까' 하고. 워킹대디, 워킹맘 일행 누구도 그 모습을 유쾌하게 보지 않았던 건 분명하다.

아이를 낳고 난 뒤 전에 일하던 회사 사람들과 점심 약속이 있었다. 아이와 집에만 있다가 오랜만에 사람을 만나니 어찌나 설레던지. 아침부터 부지런히 준비해도 벌써 약속 시간이 빠듯해 온다. 앞에는 아기띠에 아이를 안고 어깨엔 기저귀 가방을 메고 회사 근처 역에서 내렸다.

먼저 식당에 들어가 앉아 있는데 유모차와 곧 울음이 터질 것 같은 아이를 달래는 엄마들의 모습이 보였다. 그녀들은 언제 다시 안아야 할지 모르니 아기띠도 풀지 않은 채였다. 그땐 그렇게 여유로워 보이던 여성들의 모습이 아기 엄마의 입장이 되어보니 실상은 전혀 그렇지가 않았음을 알게 됐다. 곧 지인들이 들어왔다. 아이를 어르고 달래며 밥을 먹고 있는데 뒤 테이블의 이야기가 귀에 들린다.

"식당에 자리가 없어. 이 아줌마들 때문에."

그 얘기를 듣자 나까지 좀 억울한 생각이 들었다.

'저 아줌마들도 가끔 한 번 나온 거예요. 맨날 집에서 밥하고 빨래하다 어쩌다 한 번 나온 거라고요! 저도 그렇고요.'

입 밖으로 내고 싶었던 말이 한가득이지만 끝내 꺼내지 못했다. 식당에서 식사하는 여성들을 마치 매일 브런치나 먹으러 다니는 팔자 좋은 사람들로 성급하게 일반화했던 건 비단 그들뿐 아니다. 부끄럽게도 1년 전 나조차 그랬으니까.

잘 알지도 못하면서 마음대로 생각하고 그녀들의 점심 식사를 불편한 시선으로 바라본 것에 대해 깊게 반성한다.

오늘 아침 나는 정장을 입고 화장을 한 여성의 모습이 부러웠던 것일까? 아이가 있음에도 일을 하고 있는 용기가 부러웠던 것일까? 아니면 매일 출근을 하는 모습 그 자체가 부러웠던 걸까? 어쩌면 그 여성은 반대로 나를 보며 '출근하지 않고 여유롭게(그렇다고 여유롭진 않지만) 아이의 등원 준비를 할 수 있어서 좋겠다'고 생각했는지 모른다. 물론 아닐 수도 있지만.

사람은 자신이 가지지 못한 것을 바라보며 살아가지만 다른 누군가가 자신을 그렇게 바라보고 있다는 사실은 잘 모르는 것 같다.

다시 집으로 출근해 오늘 아침 흔들렸던 나의 시선에 대해 다시 한번 생각한다.

우린 모두 누군가의 워너비다.
누군가는 매일 출근하는 사람이 부럽고,
일하는 사람은 낮에 식당에서 밥 먹는 사람이 부럽고,
집에서 아이 보는 사람은 여전히 일하는 사람이 부럽다.
다들 서로 가지 않은 길을 바라보며 산다.

우린 모두 누군가의
위너비

단발머리와 백팩,
그리고 아줌마

●
◆

★

왜 여자들은 아기를 낳으면 긴 머리를 자를까?
그 많은 가방 다 놔두고 왜 백팩만 메는 걸가?
아기 엄마는 왜 힐을 신지 않는 거지?
미니스커트와는 정말 안녕해야 하는 걸까?

단발머리에 백팩을 메고 운동화를 신은 아기 엄마를 볼
때마다 궁금했다. 왜 아기를 낳으면 엄마들은 다 비슷한
사람이 되는 걸까? 내가 하고 싶은 머리를 하고 맘에 드는
가방을 들고 높은 구두를 신을 수는 없단 말인가!
그런 생각이 들자 단발머리와 백팩 그리고 운동화가 아

줌마가 되는 관문처럼 느껴졌다. 풀어헤치고 다니던 긴 머리가 단발머리가 되고 핸드폰 하나 들어갈 것 같은 작은 핸드백 대신 백팩을 둘러메고 운동화를 신으면 빼도 박도 못하고 아줌마가 돼버릴 것 같았다.

쓸데없는 오기가 생겼다. '그래, 난 아이를 낳아도 절대 머리를 자르지 않을 거야' 다짐했다. '터질 듯한 백팩도 메지 않을 거야' 하고 굳게 마음먹었다.

아이의 울음소리에 잠이 깼다. 힘들게 몸을 일으켜 우는 아이의 기저귀를 갈고 수유를 시작한다. 어젯밤엔 몇 번 깼나 하는 생각을 하면서도 여전히 꾸벅꾸벅 졸고 있다. 푸석푸석해 당장이라도 갈라질 것 같은 건성피부에 턱밑까지 내려온 다크서클을 보고 싶지 않아 가능한 한 거울은 보지 않는다.

아이의 낮잠을 재우고 씻을라치면 또 깨서 울기 일쑤다. 이제 막 샴푸를 시작했는데 그러면 아주 난감하기 이를 데 없다. 좀 울리면 됐는데 그땐 아이를 울리면 큰일이 나는 줄 알았다. 대충 헹구고 나와 우는 아이를 안아 달랜다. 긴 머리에서는 물이 뚝뚝 떨어진다. 미역 같은 머리를 좀 말

리고 싶은데 드라이기를 켜면 또 울면서 나자빠진다. 이놈
의 머리를 확 밀어버리든가 해야지.

　　절대 백팩은 메지 않겠다는 일념으로 기저귀 가방은 어
깨에 메는 걸로 구매했다. 다른 사람들이 잘 안 드는 걸로
고르느라 한참이 걸렸다. 맘 같아서는 기저귀 가방 따위
안 들고 싶었는데 그건 현실적으로 불가능했다. 아이를 데
리고 외출하려면 기저귀, 물티슈, 물, 간식, 장난감 등 챙길
게 너무 많아 웬만한 가방으론 해결이 되지 않았기 때문이
다. 그래서 스스로와 합의한 게 기저귀 가방 같이 보이지
않는 디자인의 가방이었다. 아기띠에 안긴 아이도 무거운
데 어깨에 맨 가방 끈이 자꾸 흘러내린다. 계속 가방을 고
쳐 메다 가방을 내동댕이치고 싶었던 적이 몇 번이던가.

　　출산 전에 입던 미니스커트는 손도 못 댔다. 아이를 데
리고 나가면 하루에도 몇 번씩 앉았다 일어났다를 반복해
야 하는데 미니스커트는 그런 동작에 매우 취약하다. 수유
를 할 때는 원피스를 입지 못하며, 상의엔 단추가 있어야
한다. 그러니 옷 입는 맛이 나지 않을 수밖에. 수유복이 싫

어서 둘째 때는 분유를 먹여야겠다고 생각을 할 정도였다. 그나마 힐은 잘 신지 않아 다행이다.

아이를 낳고도 1년여를 고집하던 긴 머리를 단발로 잘랐다. 집에 와서 머리를 감다 깜짝 놀라고 말았다. 머리를 잘랐을 뿐인데 머리 감기가 정말 편했다. 말리는 것도 어찌나 가뿐하던지. 다시 머리를 기르긴 어려울 것 같다는 생각이 들었다. 이 머리가 뭐라고 그렇게 쓸데없이 오기를 부렸는지. 어차피 머리가 길어도 묶는 것 말고 다른 머리는 할 수도 없는데 말이다.

둘째를 낳고는 백팩부터 구입했다. 가볍고 어디에나 멜 수 있는 검은색으로 말이다. 백팩을 메고 다니며 또 한 번 나의 오기를 후회했다. 이렇게 편한 걸 왜 그렇게 고집을 부렸는지. 사람들이 다 그렇게 하는 데에는 분명 이유가 있는 건데 말이다.

나는 아줌마라는 단어에 담긴 억척스런 이미지를 나와 동일시하고 싶지 않았다. 이모(아이를 낳으면 아이 친구에게 나는 이모라고 불리게 된다)는 괜찮지만 아줌마는 안 된다고 생각했다. 근거 없는 자존심이었다.

아줌마는 아주머니를 낮춰 이르는 말이다. 아주머니는 애를 낳은 여자(애 엄마)의 어원으로 결혼한 여자를 예사롭게 부르는 말이다. 결혼해서 애 낳은 여자가 아줌마면 달리 내가 아줌마가 아니고 뭔가. 그래 나는 아줌마다.

아이 둘을 낳고 나서야 나는 내가 아주머니, 아줌마임을 받아들였다. 오래도 걸렸다.

아줌마가 뭐 어때서!

외향적이지만
혼자도 충분히 좋습니다

●
◆

★

아이가 어린이집에 가면 하고 싶은 게 있었다. 혼자서 밥을 먹는 일, 이른바 '셀프 회식'이다. 그동안 수고했다는 의미다. 자고로 회식은 사기진작에 도움을 주는 법이다.

둘째가 어린이집에 가기까지 2년(둘째 아이는 1월생이라 27개월 차에 어린이집 생활을 시작했다)의 육아기간 동안 나는 이날을 얼마나 손꼽아 기다려왔는지 모른다.

나는 태생이 지극히 외향적인 사람이다. 사람과의 만남을 통해 에너지를 얻는다고 믿어왔다. 그럼에도 2년을 꼬박 육아에 전념하고 나니 다른 사람과 함께하는 시간이 아닌 오롯이 나 혼자만을 위한 시간이 무척 그리워졌다.

아이에게 모든 것을 맞추는 시간 말고, 아이 엄마들과 만나 한시도 끊기지 않는 이야기를 하는 그런 시간 말고, 아이들을 재우고 침대에서 기어 나와 볼륨을 낮추고 영화를 보는 그런 시간 말고, 대낮에 혼자 고요하게 있을 시간.

그런 시간이 그리울 때마다 나는 아이가 어린이집에 가면 하고 싶은 일들을 다이어리에 적었다. 그중 하나가 바로 혼자 밥을 먹는 일이다. 맛있는 초밥집에 가서 온전히 나를 위한 식사를 하리라 굳게 다짐했었더랬다.

처음 어린이집에 가면 보통 일주일 정도는 엄마와 함께 1~2시간 정도 있다가 오고, 그 다음 주엔 점심을 먹고 집에 온다. 여기까지 아이가 잘 적응하면 낮잠을 시작한다. 아이가 원에서 낮잠을 자면 오후 3시 넘어서 하원한다. 처음엔 아이와 떨어져 있는 한 시간도 감지덕지다. 점심을 먹기 시작하면 식사 준비를 하지 않는 것만으로도 황송할 지경이다.

그러나 그 시간도 잠시, 등원 준비 후 난리가 난 집을 정리하고 빨래를 하고 후다닥 밥을 먹고 나면 금방 하원 시간이 돌아온다. 그래서 난 아이가 첫 낮잠을 자는 날을 디데이로 정했다.

드디어 그날이 왔다. 아이를 보내고 집에 돌아온 나는 외출 준비를 했다. 정말 오랜만에 갖는 나와의 데이트. 눈썹을 그리고 립스틱을 바르고 평소 잘 입지 않는 옷도 꺼내 입었다. 그리고 한참 전부터 점찍어둔 초밥집으로 향한다. 가게 오픈 시간은 11시 30분. 나와의 데이트가 설레어서 너무 일찍 도착했다.

15분쯤 밖을 서성이다 첫 손님으로 가게에 입장했다. 일단 점심 세트 메뉴를 주문하고, 참치 뱃살 초밥과 연어 뱃살 초밥을 추가했다. 낮 12시가 가까워지니 가게에는 하나 둘 손님이 든다. 혼자 온 손님은 나뿐이지만 상관없다.

그리고 조용히 내 식사를 즐긴다.

아이가 있기 전엔 몰랐다. 왜 식당은 다들 주메뉴와는 전혀 상관이 없는 돈가스를 파는지, 감자탕 집엔 왜 놀이방이 있는지를 말이다.

아이가 어린 엄마 아빠의 외식 메뉴는 아이가 잘 먹는 걸 파는 식당에서 고를 수밖에 없다는 것과 그렇게 외식을 해도 아이 밥을 먹이느라 제 밥은 다 식은 뒤에나 먹을 수 있다는 것도 말이다.

나 역시 그랬기에 혼자 하는 외식이 그리웠다. 내가 가고 싶은 식당에서 내가 먹고 싶은 메뉴를 주문하고 내 입 속에 나만을 위한 초밥을 넣는 것. 이게 뭐라고 행복하다는 생각이 드는지 모르겠다. 이게 나는 그렇게 그리웠더랬다.

식사를 마친 뒤, 좋아하는 커피숍에 들렀다. 따뜻한 카페라테를 주문한 뒤 자리를 잡았다. 아이와 함께였다면 분명 테이크아웃을 했을 것이다. 커피를 마실 동안 가만히 앉아 있어줄 아이가 아님을 알기에.

이 한 잔의 커피는 피곤함을 떨쳐내기 위해 마시던 여느 커피와는 다르다. 이제 막 나온 따뜻한 커피를 멍하니 밖을 바라보며 마실 수 있다니. 이 시간이 호사스럽게 여겨진다.

그리고 건너편 서점에 들러 읽고 싶은 책을 골랐다. 배는 부르고 카페인이 충전됐으며 손엔 읽고 싶던 책이 들려 있다.

아니, 이게 뭐라고 또 한 번 벅차게 행복하다. 아이와 지지고 볶는 시간도 행복하지만, 나는 혼자서도 이렇게 잘 행복할 수 있는 사람이란 말이다.

　종종 회사를 다닐 때의 회식자리가 생각난다. 그 시끌벅적함과 함께 온몸에 달라붙은 삼겹살집의 기름 냄새. 가끔 남편이 회식으로 늦는 날, 남편의 옷에서 나는 그 기름 냄새를 맡을 때면 일하는 사람들 속에 섞여 있던 그때의 내 모습이 소환되곤 했다.

　그런 날은 다음날 혼자만의 회식을 했다. 아무도 없는 집에서 점심부터 기름 냄새를 풍기며 삼겹살을 굽는다. 남편은 출근하고, 아이들은 원에 간 시간, 나는 내 수고를 치하하며 야무지게 상추쌈을 크게 싸 입에 넣는다.

　역시 엄마의 회식은 셀프다.

이제 막나온커피를
멍하니
밖을 바라보며 마실수있다니
⋮
아니이게뭐라고
또한번 벅차게 행복하다

커피가 육아에 미치는 영향

●

◆

★

오늘 커피는 언제 마시지? 아침에 일어나서 아이들 밥을 차리면서도 나는 커피 생각을 한다. 보통 하루 한 잔의 커피를 마시는데 이 커피를 언제 마실까 고민하며 아껴뒀다 가장 맛있게 마실 수 있을 때 커피머신의 전원을 켠다.

아이들을 보내고 우두커니 소파에 앉아서 마실 때도 있고, 집 정리를 끝낸 뒤 마실 때도 있다. 운동하고 들어오다 시원한 아메리카노의 유혹을 이기지 못하고 커피숍에 들르는 날도 가끔 있고, 어떤 날은 약속을 위해 집 커피를 아껴두기도 한다. 일할 때 하루 몇 잔씩 마시던 커피를 임신하고 수유를 할 때는 끊었었다. 결국 다시 커피에게 돌아왔지만 말이다. 오히려 커피는 육아 집중기에 나를 외로움과 피로에서 구원했다.

그때 내 육아의 3할쯤은 커피가 담당했다고 감히 말할 수 있다. 첫째는 잠이 예민했다. 재우기가 힘들었고 밤에도 몇 번씩 깼다. 아이가 잠을 잘 못 잔다는 것은 엄마도 잠을 잘 잘 수 없음을 의미한다. 원래 잠이 많은 나에겐 더욱 힘든 일이었다.

아이가 하룻밤에 열 번도 넘게 깨서 울 때면 나도 같이 깨서 울고 싶어졌다. 우는 아이를 안고 거실로 나와 어르고 달래어 다시 재우기를 몇 차례 반복하고 나면 아침이 밝아온다.

이때 필요한 게 커피다. 몽롱한 정신과 피곤한 몸에 카페인이 들어가면 그래도 그때부터는 다시 정신을 차릴 수 있었다. 커피 한 잔을 비우고 나면 뭐랄까 본격적으로 오늘의 육아를 시작할 수 있는 힘이 솟는 것 같았다. 비록 카페인이 내 몸을 속이고 있을지언정.

커피의 힘으로 폭풍 같은 오전 시간을 보내고 1시쯤이면 아이가 낮잠을 잔다. 아이 낮잠 시간에는 할 일이 많다. 씻는 것도 이 시간에 끝내야 한다. 정신없이 이 일들을 해치우고 난 뒤에도 아이가 잠에서 깨지 않으면 나는 커피 한 잔을 더 마실 수 있다. 꿀보다 값진 한 잔의 커피를.

어떤 날은 모든 집안일을 다 놔두고 커피를 먼저 마시기도 하고, 어떤 날은 일을 하다 말고 커피를 내리기도 한다. 어쨌거나 오후에 마시는 커피는 나에게 충전을 의미한다. 우두커니 앉아서 커피를 마시는 동안은 휴대폰을 충전하듯 커피로 몸속 어딘가 숨어 있는 에너지를 끌어올리는 기분이다.

아이를 낳은 뒤 처음 커피를 마실 때는 사실 사람들과 함께 마시는 커피가 참 그리웠다. 회사를 다닐 때, 매일 아침 동료들과 커피를 마시는 게 나름의 낙이었다. 출근을 해서 하루 일정을 정리하고 간단한 오전 일을 마친 뒤 10시쯤 함께 커피를 마셨다. 1층 회사 커피숍에서 마실 때도 있었고, 회사 앞 커피숍에 들르기도 했다(이 커피숍은 스타벅스 바로 옆에서 당당히 장사를 했는데 라테가 워낙 맛있어서 아침, 점심시간에도 발 디딜 틈이 없었다). 임신을 하고는 커피 대신 다른 음료를 마시기도 했지만 그 시간만은

커피는 나에게 충전을 의미한다.
우두커니 앉아서 커피를 마시는동안은 휴대폰을 충전하듯
커피로 몸속 어딘가 숨어있는 에너지를 끌어올리는 기분이다~

참 좋았다.

아이를 낳고 4개월쯤 됐을 때 남편에게 커피머신이 필요하다고 얘기했다. 수유기에 카페인이 아이에게 영향을 줄 수도 있다지만, 커피를 마시지 않는 게 나에게 더 안 좋다고 설득했다.

하루 종일 말 못 하는 아이와 있는 엄마 사람은 어쩌면 커피보다는 사람들과의 대화가 더 그리웠는지 모른다. 사람을 만날 수 없으니 커피라도 만나게 해달라. 기왕이면 맛있는 커피를 마시고 싶다고 남편에게 말했다. 맛과 편리함 등을 모두 고려해 집에 커피머신을 들였다.

혼자 커피를 마시는 날이 늘면서 나만의 커피 시간이 시작됐다. 오전의 커피가 하루를 깨웠고, 오후의 커피는 나에게 안정감을 주었다. 그렇게 매일 마신 커피가 도대체 몇 잔이던가. 지금은 오후 늦게 커피를 마시면 밤에 잠을 못 자는 날도 있어서 가능하면 한 잔만 마시려고 노력한다. 그래서 하루 한 잔의 커피를 언제 무엇을 하면서 마실 건지는 나에게 꽤 즐거운 고민이다.

그렇다고 대단한 커피 마니아는 아니다. 필요에 의해 마시다 맛있게 마시고 싶어 하는 정도다. 적당히 내가 좋아하는 커피 맛을 찾고, 그런 커피숍 몇 개를 알아두고 가끔 한 번 들른다. 산미가 풍부한 드립커피 보다는 에스프레소를 선호한다. 아메리카노보다는 카페라테가 좋다. 밀크폼을 잘 뽑은 고소한 카페라테를 만날 때면 행복하다는 생각이 든다. 그래서 처음 가는 커피숍에서는 항상 카페라테를 주문한다. 가끔 맛있는 원두가 있으면 모카포트를 쓴다. 육아와 함께 커피를 마시기 시작하면서 생긴 내 커피 취향이다. 그러고 보니 별일 없이 무사한 나의 육아 생활의 영광은 커피에게 돌려야겠다.

제 아이는
편식을 합니다

★

　오늘도 아이는 유치원에서 밥만 먹고 왔다. 다른 날의
경우 보통 한 가지 정도는 먹을 반찬이 있는데 그렇지 않
은 날도 있다. 오늘 점심메뉴는 부대찌개, 비엔나 파프리
카 조림, 고사리 볶음, 김치, 청포도.

　부대찌개와 김치는 매웠을 테고 비엔나와 파프리카, 고
사리는 좋아하지 않는다. 과일도 마찬가지. 아침에 메뉴를
확인하며 '오늘은 밥만 먹겠구나' 싶긴 했지만 정말 그랬다
는 얘길 들으면 참 속상하다.

　아이는 그 와중에 작은 고사리 하나를 먹어봤다고 자랑
한다. 먹지 않더라도 한 번은 꼭 맛을 봐야 한다는 선생님

의 친절한 설득으로 입에 넣어본 것이다. 한 번 맛을 봤지만 더 먹고 싶어 하지 않는다면 계속 권하지 않기로 학기 초 담임 선생님과 약속했다.

아이가 노력한 부분에 대해 잘했다고 칭찬을 해줬다. 밥만 먹고 온 아이에게 칭찬을 해야 하다니, 아들은 엄마의 타들어가는 마음을 아는지 모르는지.

우리 집 첫째 아이는 편식을 한다. 편식이라는 단어가 주는 부정적인 느낌 때문에 가능하면 "좋아하는 음식을 주로 먹는다"고 얘기하지만 사실 그게 그 말이다. 아이가 음식을 가린다고 얘기하면 주위 엄마들은 "애들이 다 그렇지 뭐. 우리 아이도 그래" 라고 대수롭지 않게 반응한다. 아이가 또래에 비해 크게 키가 작거나 몸무게가 적게 나가는 것도 아니니 그렇게 생각할 수도 있겠다 싶다(1월생인 게 천만다행이다).

하지만 우리 아이 편식은 그리 호락호락한 수준이 아니다. 최근 10여 년간 5세 반을 맡아온 담임 선생님은 "지안이 편식은 그간 10년 동안 본 아이 중 손가락에 들긴 해요" 라고 인정해주셨다.

보통 아이들은 안 먹는 음식이 있어도 다른 아이가 먹거나, 선생님이 먹어보자고 하거나, 숨겨서 먹이면 먹기도 하는데 첫째에겐 전혀 소용이 없다.

이런 얘길 해서 무슨 소용이 있겠냐마는, 나는 아이 이유식을 정말 열심히 했다. 아이가 많은 재료를 접할 수 있도록 최선을 다해 만들어 먹였다. 이유식책의 다양한 재료와 조리법으로 매끼 맛있는 식사를 준비했다. 하다못해 어묵까지 만들어 먹였으니까. 그때 나는 이유식을 잘하면 편식이 없다는 많은 육아서의 내용을 철석같이 믿었다.

아이가 편식을 시작한 건 15개월쯤부터다. 반찬과 밥을 먹기 시작하자 슬슬 가리는 게 생겼다. 시금치, 브로콜리, 파프리카처럼 색깔이 뚜렷하거나 식감이 무르지 않은 것은 먹지 않으려 했다.

다진 고기로 이유식을 할 때는 몰랐는데 고기도 좋아하지 않았다. 이유식을 할 때도 과일은 그렇게 좋아하는 편이 아니었지만 밥은 잘 먹으니 크게 개의치 않았다. 그런데 클수록 남들 다 먹는 딸기, 수박, 사과, 바나나조차 안 먹으니 점점 초조해지기 시작했다.

이때부터는 싫어하는 음식이 나오면 "엄마, 나 이거 싫어해요"라고 정확히 표현을 했다. 여러 번 설명하고 먹이려 해도 먹기 싫다는 마음이 바뀌진 않았다. 밥 속에 숨겨서 먹여도 봤지만 아이는 귀신같이 찾아냈다. 이때부터 아이의 입맛이 다른 아이와 달리 유난히 예민하다는 생각을 하게 되었다.

어머님으로부터 남편의 어마무시한 편식 얘길 듣긴 했는데 뭐 거의 그 수준이다. 어머님께서는 남편이 초등학교 때 안 먹는 김치를 먹이려고 이틀을 굶겨도 봤지만 결국 실패했다고 했다(물론 당시 그가 안 먹은 건 비단 김치만이 아니다). 남편의 편식은 20대가 돼서야 많이 나아졌다고 한다.

이쯤 되면 그럼 아이는 뭘 먹고 사느냐고 물어볼 수 있다. 아이가 좋아하는 것은 분명하다. 아이의 최애 반찬은 계란. 그 중에서도 노른자를 다 익히지 않은 계란프라이를 가장 좋아한다. 크로켓, 돈가스, 치킨 같은 바삭한 식감의 음식도 좋아한다. 부드러운 두부나 묵도 곧잘 먹는다. 볶음밥은 안 먹어도 그릴에 파니니처럼 눌러 바삭하게 해주면 그건 또 먹는다. 감자조림은 안 먹지만 감자튀김은 먹고, 당근은 싫지만 당근전은 먹는다. 특히 안에 뭐가 안 들어간 빵 종류는 다 좋아한다.

첫째의 편식 때문에 둘째 아이는 아이 주도 이유식을 했다. 아이 주도 이유식은 아이가 스스로 먹을 음식과 양을 정하게 하는데 미음으로 시작하는 보통 이유식과 달리 찐 채소로 이유식을 시작한다. 당근, 호박, 브로콜리를 쪄서 스스로 먹도록 하는 식이다.

중기까지는 아주 잘 먹길래 성공이라고 생각했다. 그런데 둘째 역시 반찬식을 시작하고는 가리는 게 생겼다. 첫째 위주의 반찬을 하다 보니 그것에 맞춰 둘째도 점점 음식을 가려 먹었다. 두 살이 봐도 찐 브로콜리보다는 돈가스가 맛있어 보이겠지. 그렇다고 둘째 중심으로 반찬을 할수는 없었다. 그럼 첫째가 아예 밥을 먹지 못한다.

아이의 편식이 이쯤 되면 엄마는 편식에 관한 책을 찾아보게 된다. 그중 인상 깊은 책은 《프랑스 아이는 편식하지 않는다》였다.

캐나다에 살다 프랑스에서 1년 지내게 된 작가에 따르면, 프랑스 아이들의 대부분은 정말 편식을 하지 않는다고 한다. 프랑스 아이들은 전식-본식-후식의 한 시간이 넘게 이어지는 탁아소에서의 점심시간에도 대체로 잘 앉아서 먹는다고 했다. 간식은 구테(오후 4시에서 4시 반 사이의 간식시간)에만 먹으며 절대 돌아다니면서 먹지 않는다. 여기에는 프랑스 국민의 음식에 대한 인식과 각 가정의 일관되고 엄격한 식습관 교육, 체계적이고 훌륭한 프랑스의 급식 시스템이 근거로 꼽힌다.

책에서 말하는 아이 식습관의 원칙, 예를 들어 식사는 앉아서 먹고 장난감을 갖고 놀거나 TV를 보면서 먹지 않으며 정해진 식사시간이 지나면 정리하기 등은 우리 집에서도 지키고 있지만 책의 모든 부분을 엄격하게 적용하긴 쉽지 않았다. 아이들이 하원 후 놀이터에 가면 간식을 먹으며 노는데 우리 아이만 못 먹게 하는 건 사실 쉬운 일이 아니기 때문이다. 그렇다고 아이들 다 가는 놀이터에 못 가게 할 수도 없고.

〈우리 아이가 달라졌어요〉도 찾아봤지만 우리 아이의

경우와는 상황이 좀 달랐다. 국민 육아 멘토 오은영 박사는 자신도 어릴 때 편식이 심했고 고기는 아예 입에도 대지 않았다고 했다. 그래도 지금 이렇게 잘 살고 있지 않느냐며 걱정 말라고 했다.

아이들마다 좋아하는 음식과 싫어하는 음식이 있을 수 있는데 그걸 존중해주라는 게 오 박사의 조언이다. 아이의 편식은 본능이며 일부 미뢰가 발달한 아이의 경우 다른 아이보다 심하게 편식을 할 수 있다고도 했다. 오 박사가 제시하는 편식의 해법은 '아이가 좋아하는 반찬을 배불리 먹을 수 있도록 해주라'는 것이다. 크면 결국 다 좋아진다고도 했다. 정말 크면 좋아지냐고 되묻고 싶지만 화면 속 박사님은 대답이 없다.

이런 일련의 과정에서 내가 깨달은 것은 아이의 입맛은 타고나는 부분이 많다는 것이다. 미각이 발달한 남편의 유전자가 분명 아이에게 영향을 미친 게 틀림없다. 물론 엄마의 부단한 노력이 그것을 상쇄할 수는 있겠으나 그건 그렇지 않은 아이에 비해 훨씬 더 많은 노력이 필요하다. 나역시 노력은 했지만 행동교정까지는 이르지 못했다. 아니

아직은 진행 중이라고 표현하는 게 맞겠다. 그래서 쿨하게 첫째 아이의 남다른 미각과 편식을 인정하기로 했다.

그러니 좀 마음이 편해지더라. 엄마인 내 잘못이 아니라고 생각한 순간부터 말이다. 그리하여 우리 집 두 아들은 오늘도 편식을 한다.

매일의 난제
'오늘 저녁 뭐 먹지?'

●
◆

★

'저녁에 뭐하지?' 하는 생각으로 주방을 서성이다 냉장고 문을 열었다. 각종 소스가 가득한 맨 윗 칸부터 야채와 과일이 든 맨 아래 칸까지 뭔가가 가득 차 있다.

뭐가 있나 한참을 둘러보지만 쉽게 저녁 메뉴를 결정하지 못한다. 냉동실 문도 열어본다. 저녁에 먹을 것도 없는데 여기 가득한 이건 다 뭐지?

저녁 식사를 준비할 시간이 다가오면 마음이 조급해진다. 숙제를 하지 않고 해가 지도록 놀다 들어온 아이가 된 기분이다.

꽉 찬 냉장고를 한참 들여다보고 있으니 '삐삐' 경고음이

들린다. 그 정도 들여다봤으면 저녁 메뉴 정도는 정했어야 하는 것 아니냐고 채근하는 것 같다. 하지만 아직도 오늘 저녁에 뭘 먹을지 모르겠는데 어쩌지. 숙제가 풀리지 않는 이런 날은 시간이 갈수록 더 조바심이 난다.

내게 저녁 식사 준비가 부담인 이유는 좋아하는 것만 잘 먹는 첫째 때문이다. 간단하게 허기를 채운 아침과 운 좋으면 반찬 하나가 입에 맞았을 점심, 그렇게 유치원에 갔다 돌아와서 먹는 저녁은 적어도 아이에게 맛과 영양을 모두 주었으면 한다. 그래서 나는 매일 '오늘 저녁은 뭘 하지?' 하는 고민을 하게 됐다.

고기로 단백질을 채워주고, 가능하면 채소 맛도 보여주고 싶다. 고민하다 보니 벌써 저녁시간. 하루 종일 부산을 떨며 비장하게 식사 준비를 해도 잘 먹지 않는 날이 있고, 급하게 대충 차려도 아이가 잘 먹는 날이 있다. 이러나저러나 언제나 잘 먹는 메뉴도 물론 있긴 하지만.

한 아이 친구 엄마가 나의 정성이 오히려 아이에게 안 좋을 수도 있다고 충고했다.

"엄마가 그렇게 해주니까 아이가 다른 음식은 더 안 먹지. 앞으로 더 심해질 걸."

"그렇다고 안 먹는 아이를 그냥 둘 수는 없잖아요."

나는 내가 할 수 있는 노력을 했을 뿐이다.

그래도 양파 두 개를 오래 볶고 거기에 간 고기와 작게 자른 감자를 넣어 만든 카레를 먹은 아이가 "오늘 엄마가 만든 카레는 식당에서 팔면 사람들이 맛있어서 줄을 서고, 계속 사 먹겠다고 해서 밤까지 문을 못 닫을 맛이야!" 라고 말하면 한참 불 앞에 서 있던 수고로움이 싹 씻겨 내린다.

얇은 또띠야 위에 토마토소스를 바르고 그 위에 직접 만든 미트볼을 부셔서 얹은 다음 피자치즈를 올려 구운 피자를 먹은 아이가 "오늘 엄마의 피자는 피자 대회에 나가서 금메달과 은메달을 모두 딸 만큼 맛있어!" 라고 정교하게 칭찬을 하면 나는 다시 식사 메뉴를 고민할 힘이 생긴다.

아이가 식사 시간을 즐겼으면 좋겠다. 편식하는 아이일수록 식사 시간이 즐거울 수만은 없다는 걸 나도 잘 알고 있다. 뭘 하나 더 먹이기 위한 엄마의 꾀와 익숙하지 않은 건 먹지 않으려는 아이의 기싸움도 사실 존재한다.

하지만 크면 점점 좋아진다고 하니 우리 아이의 편식도

점점 나아지겠지. 내가 지금 할 수 있는 건 엄마 나름의 노력을 하며 기다리는 것뿐.

중요한 것은 반찬 하나를 더 먹고 안 먹고가 아니다. 음식을 먹는 게 즐겁고 가족과 함께 앉는 저녁 식사 자리가 아이에게 행복한 시간이었으면 한다.

적어도 아침은 끼니를 때우기에 바쁘고, 좋아하지 않는 반찬이 나왔을 점심은 먹어보려고 노력했다면, 한 끼 저녁만은 그런 스트레스 없이 식사를 즐겼으면 한다.

그래서 나는 오늘도 저녁 메뉴를 고민 중이다.

한국 엄마 위에 중국 엄마,
중국 엄마 위에 인도 엄마

●
◆

★

"한국 엄마 위에 중국 엄마 있고, 중국 엄마 위에 인도 엄마 있다."

실리콘밸리에서 만난 한국 엄마들과의 대화에서 나온 이야기는 신선했다. 교육열 높기로 유명한 한국 엄마들이지만 하나만 낳아 올인하는 중국 엄마들은 따라갈 수가 없고, 그런 중국 엄마들도 따라잡을 수 없는 게 바로 인도 엄마라는 내용이었다.

실리콘밸리는 IT기업이 많다는 지역 특성상 다양한 인종이 모여 산다. 흥미로운 건 아시아인이 많은 학교가 다른 학교에 비해 학업성취도가 높으며 특히 인도 아이들은 특출나게 공부를 잘해서 학교의 전체 평균을 끌어올리는 역할을 한다는 것이다.

한국 엄마들은 그런 지역을 소위 '학군이 좋다'라고 얘기했는데 학군이 좋은 지역은 다른 지역에 비해 집값도 비싸다고 했다. 미국에서 '학군'이라는 단어를 듣게 될 줄은 미처 몰랐다. 물론 팔로 알토(Palo Alto)처럼 전통적으로 백인만 사는 집값 비싼 지역도 있지만 말이다.

이민 5년 차 S씨의 아내는 아이의 초등학교 부모 모임에 갔다가 깜짝 놀라 돌아온 이야기를 해줬다. 인도 엄마들이 쏟아내는 질문에 한 번 놀라고, 지금 숙제가 너무 적으니 더 내달라는 항의에 두 번 놀랐다고 했다.

결국 학교에서는 '숙제'와 '더 해도 되는 숙제'를 내주고 있다고 한다. 순전히 인도 아이들을 위해서 말이다.

S씨도 덧붙였다. 아파트 수영장에서도 인도인들은 다른 나라 사람들과는 다르다고 했다. 보통 아빠의 일과가 끝나고 함께 나오는데 인도 아이는 아빠가 정해준 수영 할당을 다 채운 뒤에야 아빠와 놀 수 있었단다. 물론 특정 가정의

이야기일 수 있지만, 어렴풋이 인도 가정의 교육 분위기를 짐작할 수 있는 대목이다.

인도인의 경우 한국이나 중국과는 다르게 이민을 올 때 조부모가 함께 오는 가정이 많다. 이런 가정환경 때문인지 부모뿐 아니라 할머니, 할아버지까지 아이의 교육에 집중하는 분위기다.

거기에 아이도 공부를 열심히 해야 한다고 생각한다. 한국과 중국 아이들은 사춘기가 오면 성적이 떨어지기도 하는데, 인도의 가정 분위기는 순종적이어서 그런 것도 없다고 했다.

이민 10년 차 Y씨도 비슷한 이야기를 했다. 아시아인이 거의 없는 학교에 다니는 딸이 어느 날 엄마에게 물었다.

"나는 학교에서 다 잘하는데 왜 더 잘해야 해?"

Y씨는 이렇게 대답했다.

"너는 네 학교의 친구들이 아닌 아시아인과 경쟁해야 하니까."

미국 대학교가 소수인종 보호 정책의 일환으로 일종의

'인종 쿼터'를 두고 있다는 건 공공연한 사실이다. 소수인종 보호 정책을 쓰지 않는 칼텍대학교의 아시아인 학생의 비율은 40%로 점점 높아지는 추세인데 반해, 소수인종 보호 정책을 쓰는 하버드대학교의 아시아인 비율은 20%대로 몇 년째 변함이 없다.

아시아인은 다른 인종에 비해 훨씬 공부를 잘해야 하버드에 갈 수 있다는 얘기다. 하버드는 현재 이 문제로 한 민간단체와 소송을 벌이고 있다.

나는 Y씨에게 딸이 몇 개의 학원을 다니냐고 물었다. 그녀는 작문, 수학, 과학, 중국어, 바이올린 등등을 얘기하며 대여섯 개쯤 된다고 했다. 모두 그런 건 아니지만 미국에 사는 많은 한국 아이들이 그렇다고 한다.

Y씨는 교육열 높은 다른 한국 엄마에 비하면 많이 시키는 것도 아니라고 했다. 분명한 건 여기 입시 경쟁 또한 치열해서 한국 못지않게 할 게 많으며, 오히려 비교과인 예체능까지 신경 써야 하는 건 한국과 다른 점이라고 했다.

중국인 L씨 역시 이런 한국 엄마들의 말에 동의했다. 그러면서 그 이유를 이렇게 분석했다. 한국인과 일본인은 미국에 이민을 왔다가 잘 안 되면 다시 자신의 나라로 돌아가면 그만이다. 하지만 중국인과 인도인은 다르다. 절대 다시 자신의 나라로 돌아가고 싶어 하지 않는다. 그녀는 그런 동기부여가 그들을 열심히 하도록 만드는 게 아닐까 하고 짐작했다. 퇴로가 없는 중국인, 인도인은 애초에 한국인, 일본인과는 마음가짐부터 다르다는 것이다.

그러고 보면 이곳에서 회사를 다니는 사람들은 인도인이 명석할 뿐 아니라 성실하다고 입을 모아 말했다.

Y씨와 함께 회사를 다니던 동료는 4자릿수 곱셈을 암산으로 하더란다. 어떻게 하는 거냐고 물었더니 할아버지 때부터 내려오는 계산법이 있단다. 이런 사람이 열심히까지 하는데 이걸 어찌 따라 가겠는가.

그 얘길 듣고 보니 놀이터에서 신나게 뛰어 노는 다른 아이들과 다르게 잔디밭에 앉아 옆에 책을 쌓아두고 한 시간이 넘도록 아이에게 책을 읽어주던 인도 엄마가 떠올랐다. 도서관에서 돌아다니며 책을 보는 아이들과 다르게 아이를 옆에 앉혀두고 거의 두 시간 동안 공부를 봐주던 인도 엄마도 있었다.

놀이터에서 뛰어노는 아이들을 보면서 미국으로 이민을 오면 좋겠다는 생각을 했었다. 이제는 봄뿐 아니라 시도 때도 없이 찾아오는 미세먼지 때문이기도 했지만, 아이들의 교육적인 부분이 더 컸다. 어마무시한 한국의 사교육 시장에서 앞서가며 공부시킬 생각도 없지만 그렇다고 안 시키며 느긋할 자신도 없다. 결국 적당히 시키며 불안해하겠지. 적어도 이곳에서는 아이들이 잔디밭에서 뛰어놀며 행복할 거라는 막연한 기대가 있었다.

하지만 이번 여행에서 그건 아무것도 모르는 나의 환상이라는 걸 깨달았다. 공부는 아이가 하는 것이라는 걸 알면서도, 엄마가 시키는 만큼 아이의 성적이 따라준다니 불안한 마음이 드는 건 사실이다. 공부가 인생의 전부는 아니라는 것 또한 잘 알면서도 말이다.

미국 놀이터에 있는 것,
한국 놀이터에 없는 것

★

엄마가 해야 하는 일도, 아이들이 해야 하는 일도 없는 미국에서의 아침은 여유롭다.

엄마 여행자에게 이곳의 아침이 좋은 이유는 두 가지다. 첫째는 아침밥을 하지 않아도 된다는 점. 비즈니스호텔이라 근사하진 않지만 어쨌건 매일 조식을 먹을 수 있다. 두 번째는 어린이집과 유치원 등원 준비를 하느라 서두르지 않아도 된다는 점. 한국에서는 아침마다 아이들을 깨우고, 식사를 준비하고, 씻기고, 옷을 입혀 등원 차량에 태우는 게 일이었다.

눈이 떠질 때 일어나 조식을 먹은 뒤 슬슬 옷을 챙겨 입고 햇볕이 좋은 밖으로 나간다. 아이들의 목적지는 보통 정해져 있는데 대부분 놀이터 아니면 도서관이다. 어떤 날은 놀이터, 어떤 날은 도서관, 시간이 많은 어떤 날은 두 군데를 다 들르기도 했다.

나무 사이로 놀이터가 보이자 아이들이 뛰기 시작한다. 그리고 신발을 벗어던진다. 맨발로 온 놀이터를 돌아다녀도 누구 하나 뭐라고 하는 사람이 없다. 그러고 보니 이미 놀고 있는 다른 아이의 발도 맨발이구나. 벤치에 앉아 그런 아이들을 바라보다 문득 '미국 놀이터는 한국 놀이터랑 좀 다르구나!' 하는 생각이 들었다.

첫째 아이는 유독 모래놀이를 좋아했다. 모래놀이를 시작하면 앉은 자리에서 두 시간은 기본이다. 물도 좋아하지만 모래가 좋아서 바다에 가자고 하는 아이다.

미국 놀이터는 어디든 모래가 있었다. 아이들은 마음껏 모래를 만지고 놀았다. 두꺼비 집을 지었다가, 소꿉놀이를 했다가, 자기 발 위로 성을 만들었다가, 도로를 만들었다가 한다.

일찍 일을 마치고 돌아온 남편은 맨발의 모래투성이 아이들을 보고 눈동자가 흔들린다. '아, 저 모래를 어쩌지?' 하는 얼굴이다. 깔끔한 남편은 모래놀이를 한 뒤 몸에 붙어 집으로 들어오는 모래를 정말 싫어한다. 한국 놀이터에 모래가 없는 건 정말 다행이라고도 했다.

나는 여기서 만은 그냥 놀게 두자고 했다. 하지 말라는 얘기는 하지 말자고. 맨발의 아이가 세상 자유로운 사람이 되어 뛰어 노는 걸 보고 남편도 눈을 질끈 감는다. 어차피 한국에 가면 하고 싶어도 할 수 없는 일이다.

한국에서는 요즘 모래가 있는 놀이터를 찾기 어렵다. 관리가 힘든 데다 위생상 좋지 않다는 의견이 많아 아파트에 모래놀이터를 만들지 않는다고 한다. 그래서 아이들은 집에 매트를 깔고 공장에서 만든 가짜 모래를 만지며 논다. 엄마들이 선택한 차선책이지만 과연 놀이터의 모래놀이보다 더 신이 날지는 잘 모르겠다. 안전면에서도 고무바닥보다 모랫바닥이 더 좋다는 사실을 사람들은 알고 있을까?

우리가 자주 가던 놀이터엔 큰 아름드리 참나무가 있었

다. 그 옆 공원 이름이 '라이브 오크 파크(Live oak park)' 니 참나무가 오죽 많았을까. 나무 밑엔 도토리가 수북하다. 근처에는 다람쥐가 아이들 놀 듯 돌아다녔다.

처음엔 다람쥐 보는 게 신기했는데 나중엔 그것도 너무 흔한 일이라 보는 둥 마는 둥 할 정도다. 미국에서 2년간 살다 최근 돌아온 동네 언니는 아이가 미국에서 가장 처음 배운 말이 도토리(Acorn)와 다람쥐(Squirrel)였다고 했는데 그 말이 이곳에 와서야 이해됐다.

이곳의 놀이터는 자연 속에 있는 느낌이다. 나무가 많고 근처에 동물이 산다. 도토리는 다람쥐의 것이니 가져가지 말아달라는 안내문이 보인다. 아이들은 그 속에서 자연과 함께 사는 법을 배우겠지. 아파트 조경수 사이에 고무바닥으로 만들어진 한국 놀이터가 생각나 마음 한편이 서글퍼진다.

우리 가족은 틈나는 대로 주변 놀이터 탐방을 다녔다. 그중 '매지컬 브릿지 놀이터(Magical Bridge Playground)' 는 아이들에게 가장 큰 호평을 받았다. 흥미로운 건 이 놀이터 아이들은 종이 박스를 하나씩 들고 다닌다는 점이다.

아이들은 박스를 들고 놀이터 언덕에서 썰매를 타고 내려오고 다시 올라가기를 반복했다. 부러운 듯 그 모습을 지켜보고 있던 첫째 아이는 누군가 놓고 간 종이박스를 구해왔다. 그리고 다른 아이들처럼 언덕을 올랐다.

그 옆에 미끄럼틀이 있지만 아이들에겐 박스를 타고 노는 게 훨씬 재밌나 보다. 오르고 내려오기의 무한반복. 아이는 내려오다 굴러서 울기도 했지만 다음엔 조심히 타겠다며 다시 박스를 들고 언덕길을 올랐다.

종이 박스를 보니 어릴 때 생각이 났다. 비료포대를 들고 온 동네를 누비던 그런 때가 있었다. 맨발로 뛰어다니느라 무릎이 성할 날이 없었던 때. 아마 지금 아이들이 비료포대를 들고 다니면 어떻게 아이가 비료포대를 만지게 두냐고 난리가 났을 거다.

안전한건 좋은 걸까? EBS 다큐프라임 '놀이터 프로젝트'에 따르면 전문가들은 아이를 보호하기 위한 수많은 안전규정이 오히려 아이들의 모험심과 창의성을 빼앗는다고 조언한다.

유럽에서 놀이터는 단순히 놀기 위한 장소가 아니라 경

험하는 장소로 이곳에선 위험을 경험하는 것도 중요하게 여겨진다. 다듬어지지 않은 시소, 아이가 혼자 오르기 높아 보이는 미끄럼틀, 깨끗하지만은 않은 모래 등이 놀이터에서 환영받아야 하는 이유다.

한국 놀이터에서는 점점 그네가 사라지는 추세다. 그네가 위험하다는 인식이 있는 데다, 그네를 설치하려면 안전을 위해 넓은 주변 공간이 필요하기 때문이다. 도시 아파트의 한 평이 얼마나 비싼지는 다들 알고 있지 않은가. 그래서 도시의 새로 짓는 아파트에선 좀처럼 그네를 찾기가 힘들다.

사대주의자처럼 미국 놀이터만이 좋다고 할 생각은 없지만, 지금 우리 아이들이 노는 한국의 아파트 놀이터는 영 맘에 들지 않는다. 아이들은 어디서든 신나게 놀긴 하지만 가끔 얘기한다. 모래 있는 미국 놀이터에 다시 가보고 싶다고.

아이가 장기하 노래를
부른다는 것

●
◆

★

요즘 장기하 노래를 좀 많이 듣긴 했다. 그렇다고 장기하 노래만 들었던 건 아닌데, 아이가 부쩍 더 장기하 노래를 많이 부른다. 요 며칠은 이렇게 아침을 시작했다. "오케이 구글! 장기하 노래 틀어줘." 그의 대표곡인 '싸구려 커피'가 흘러나온다.

"싸구려 커피를 마신다. 미지근해 적잖이 속이 쓰려온다. 눅눅한 비닐 장판에 발바닥이 쩍 달라붙었다 떨어진다. 이제는 아무렇지 않아. 바퀴벌레 한 마리쯤 쓱 지나가도 무거운 내일 아침엔 다만 그저 약간에 기침이 멈출 생각을 않는다."

일곱 살이 부르기에 적당한 노래인지는 모르겠지만 어
쨌든 아이는 하루 종일 이 노래를 부르고 있다. 창법도 제
법 장기하 같다. 장기하에게 조카가 있는 게 아니라면, 전
국에서 이 노래를 가장 잘 부르는 일곱 살은 아마 우리 집
첫째일 거라는 생각도 했다.

그렇다고 아이가 별다른 음악적 취향을 가진 건 아니다.
아이는 〈헬로 카봇〉〈포켓몬스터〉 등 좋아하는 만화 주제
곡을 즐겨 부르는 평범한 일곱 살이다. 싸이의 '강남 스타
일'이나 아이콘의 '사랑을 했다'가 흘러나오면 몸이 먼저 움
직인다. 21세기 유치원생이 부른다고 믿을 수 없는 20세기
동요 중 하나인 '한국을 빛낸 100명의 위인들'도 아이의 레
퍼토리 중 하나다. 거기에 우리 부부가 즐겨 듣는 노래가
추가된 정도다.

올해 초에는 이런 일도 있었다. 아이가 유치원 하원 차
량에서 장기하와 얼굴들의 '새해 복'이라는 노래를 흥얼거
렸다. 이 곡의 후렴구 가사는 대략 이렇다.

"새해 복만으로는 안돼!
니가 잘 해야지 (안돼) 노력을 해야지 (안돼)"

아이는 자기가 좋아하는 노래라며 하원 차량 선생님께 장기하 좋아하냐고 물어보고, 이 노래 유명한데 모르냐고도 했단다. 보통 아이들은 "새해 복 많이 받으세요"라고 말할 텐데, 우리 아이는 "새해 복만으로는 안돼 니가 잘해야지 노력을 해야지" 이러고 있다.

아이가 좋아하는 장기하 노래가 또 있다. '쌀밥'이라는 곡이다. 아이가 명란젓을 좋아하는데(보통의 아이는 명란젓을 좋아하지 않는다) 짜니까 조금씩 먹으라는 의미로 남편이 처음 들려주었는데 그 노래가 재미있었나 보다. 즐겨 듣던 노래는 즐겨 부르는 노래가 됐다. 이제는 4세 아들까지 가세해서 합창을 한다.

"멸치볶음, 간고등어조림, 참기름을 바른 김구이, 명란젓, 창란젓, 오징어젓갈에다 살이 꽉 찬 간장게장 너무 짜 짭짭짜잡짭짭짜잡 너무 짜 짭짭짜잡짭짭짜잡."

- 장기하와 얼굴들, '쌀밥' 중에서

아이는 구글홈으로 장기하 노래를 듣다 마음에 드는 노래가 나오면 그 노래를 계속 틀어달라고 한다. 어떤 날은

'그건 니 생각이고'에 꽂혀서 계속 이 노래만 들었다. 그날 저녁, 씻으러 가자는 아빠의 말에 아이는 노래로 대답을 대신한다. "그건 니 생각이고~" 남편과 나는 정말 어처구니가 없어서 웃고 말았다.

사실 이 노래 가사는 대단하다 할 만하다.

"이 길이 내 길인 줄 아는 게 아니라

그냥 길이 그냥 거기 있으니까 가는 거야

원래부터 내 길이 있는 게 아니라

가다보면 어찌어찌 내 길이 되는 거야

내가 너로 살아 봤냐 아니잖아

니가 나로 살아 봤냐 아니잖아

걔네가 너로 살아 봤냐 아니잖아

아니면 니가 걔네로 살아 봤냐 아니잖아 … 중략

그건 니 생각이고. 아니~ 그건 니 생각이고.

아니~ 그건 니 생각이고

알았어 알았어 뭔 말인지 알겠지마는

그건 니 생각이고 니 생각이고 니 생각이고"

- 장기하와 얼굴들, '그건 니 생각이고' 중에서

장기하는 가사를 정말 잘 쓴다. 그의 노래 가사를 곱씹으며 주옥같다는 생각을 참 많이 했다. 그는 가사에 영어를 쓰지 않기로도 유명하다.

　'싸구려 커피'가 처음 나왔을 때의 그 신선한 충격을 아직도 잊을 수 없다. 뭐 하나 꼽을 수 없을 만큼 그의 앨범은 낼 때마다 충분히 훌륭했다. '새해 복' 노래를 처음 들었을 때는 남들 다 새해 복 많이 받으라고 얘기할 때 그것만으론 안 된다고 말할 수 있는 그의 패기와 발상이 부러웠다.

　'그건 니 생각이고', '새해 복만으로는 안돼. 니가 잘해야지' 라고 말하는 아이를 보면서 아이가 부르기엔 좀 시니컬하지 않나 싶기도 하지만 따지고 보면 나는 아이가 장기하 노래의 가사처럼 생각하는 어른으로 성장하길 바란다.

　다른 사람의 말에 '그건 니 생각이고' ('그건 니 생각이고' 중에서) 라고 말하며 상처 받지 않는 아이로 자랐으면 좋겠다. '새해 복(행운)'을 바라기 보단 '노력'을 해야 한다는 것을 알았으면 좋겠다. '나는 산울림을 좋아하지만 당신은 안 좋아해도 괜찮아요' ('내 사랑에 노련한 사람이 어딨나요' 중에서) 라며 다른 사람의 다름을 인정할 줄 아는 아이로 성장했으면 좋겠다. 남들 다 뛰어갈 때 "우리는 느리게 걷자" ('느리게 걷자' 중에서)고 얘기할 수 있는 여유를 가진 아이로 자랐으면 좋겠다.

음악은 그 사람의 배경을 채운다고 믿는다. 지금은 아이가 정확히 무슨 뜻인지 모르고 따라 부르는 것 같긴 하지만, 이 노래의 뜻을 알게 될 때엔 아이도 그런 생각을 하는 사람이었으면 정말 좋겠다.

PART 003

하고 싶은 만큼 말고,
할 수 있는 만큼

권고사직 당하던 날,
그날의 기분

20××년 7월 27일. 마지막 출근날이었다. 두 번째 직장 생활이 끝났다.

첫 직장을 그만두고는 그렇게 마음에 홀가분하더니 두 번째 직장을 그만두던 날은 기분이 좋지만은 않았다. 자의가 아니었기 때문이다. 좋게 표현해 권고사직, 나는 회사에서 잘렸다. 매출이 좋지 않은 부서에 대한 회사의 경고 차원의 처사였다. 우리 부서에서 두 명이 회사를 나와야 했다. 다른 부서를 포함하면 십수 명은 됐다.

회사의 권고사직 결정이 있기 며칠 전, 친하게 지내던 총

무팀 친구로부터 내가 잘릴 거라는 얘기를 들었다. 보수적인 회사 고문은 진보 매체에서 그것도 기자 일을 했던 나를 입사 때부터 탐탁지 않게 생각해왔다고 했다. 입사 때는 사정상 나의 입사를 거부할 수 없어 받았으나 다니는 내내 마뜩잖았던 모양이다.

'권고사직이라니. 드라마 같은데….'

처음엔 이런 생각이 들었다.

'이 회사의 역량은 고작 여기까지구나. 역시 사람 귀한 줄 몰라. 나야 그렇다 치고, 우리 부장은 어쩌나 아이도 있는데.'

좋아하는 회사는 아니었기에 회사에 대한 미련은 없지만 함께 일하던 사람들에 대한 아쉬움은 좀 남았다.

권고사직 얘길 들은 건 화요일. 마지막 출근일은 금요일. 내가 잘린다는 걸 알고 회사를 다니는 묘한 기분으로 남모르게 자리를 정리했다. 사람들이 흔히 느끼는 기분은 아니니 이 감정을 기록해둬야지 했던 생각도 난다. 그 나흘 동안 기분이 참 묘했다.

목요일 점심, 같은 부서 전무가 점심을 먹자고 해서 따라 나섰다. 유명한 집이라며 맛있는 식사를 사주고 근처 커피숍으로 자리를 옮겼다.

그는 쉽게 말을 꺼내지 못했다. 내가 알고 있을 거란 걸 알면서도 말이다. 어렵게 이야기를 꺼내며 지켜주지 못해서 미안하다고 했다. 그리고 덧붙였다.

"너는 20여 년간 내가 함께 일한 여직원 중 최고였어."

그냥 하는 말이겠지만, 그래도 여직원이라고 할 건 또 뭐야. 물론 같이 일한 남자 직원이 많긴 하겠지.

그에게 말했다.

"괜찮아요. 미안해하지 마세요. 이건 제게 더 좋은 기회가 될 수도 있어요."

내내 미안해하던 전무의 얼굴을 향해 나는 웃어 보였다.

전무의 이야기를 들으니 그래도 이 사람들과 함께 일한 1년이 아무것도 아닌 건 아니구나 싶었다. 사실 여긴 아니다 싶어 그만두고 싶던 차에 잘리는 거라 나에게 나쁠 게 없을 것 같다는 얘긴 하지 않았다.

다음날, 마지막 퇴근을 하고 일찍 집에 돌아왔다. 회사에서는 내가 소송이라도 걸까 봐 걱정이라는데 사실 이 회사는 그런 노력을 들여 다시 다니고 싶은 회사가 전혀 아니라 난 그럴 생각조차 없었다.

하지만 담담했던 어제의 기분과는 분명 달랐다. 무엇보다 기분이 좋지 않았던 건 나를 안쓰럽게 보던 다른 직원들의 눈빛.

그날 오후 남편의 퇴근을 기다리며 좋아하는 책을 폈다. 무라카미 하루키의 《채소의 기분 바다표범의 키스》.

마침 그때 읽은 글의 제목이 '이제 그만둬버릴까'였다. 내 마음을 어떻게 알았지? 물론 나의 경우 자의는 아니지만.

비틀스의 프로듀서인 조지 마틴의 회고록 '귀야말로 모든 것 (All you Need Is Ears)'에 대한 이야기다. 비틀스는 여기저기 데모 테이프를 들고 레코드사를 찾아다녔지만 그들을 알아봐주는 사람은 없었고 그러다 조지 마틴을 만났다. 그가 아니었다면 어쩌면 지금의 비틀스는 없었을지도 모른다.

그러면서 하루키는 말했다.

"인생 앞날은 알 수 없다."

'동요하지 않고 꿋꿋할' 사람이 아니었다는 점은 내가 반성할 대목이다. 하지만 그의 말대로 인생 앞날은 알 수 없고, 하루키는 서른 살에 작가가 됐다. 하루키의 한마디가 내겐 퇴근하고 돌아온 남편의 숱한 말보다 더 큰 위로가 됐다.

"그래 내 인생 앞날도 알 수 없어!"

후에 나에게 권고사직을 귀띔해준 친구에게 들은 이야 기다. 회사는 계속된 감원 정책의 일환으로 내가 있던 부서의 이사와 전무와도 계약을 해지했다. 이사는 그냥 다른 회사로 갔지만 전무만은 회사와 소송을 벌이고 있다고 했다. 그 후 회사는 중국에 큰 돈을 받고 회사를 팔아버렸다.

이승환과 하루키, 언니가
내 인생에 미친 영향

★

언니는 이승환을 좋아했다. 메탈리카의 팬이었고, 3호
선 버터플라이의 공연을 따라다녔다. 물론 이 음악들은 시
간차를 두고 언니의 정신을 지배했지만 분명한 건 언니가
이들의 음악을 정말 귀에 못이 박히도록 들었다는 것이다.

부끄러운 건 아니지만 조심스럽게 그때 내 취향을 고백
하자면 나는 내 나이 많은 여성들이 그랬듯 H.O.T에 열광
했다. 언니와 나는 두 살 차이. 같은 시대를 살았지만 언니
와 나는 닮은 점이라고는 하나도 없는 완벽하게 다른 사람
이었다.

기간으로 따지면 이승환에 빠져 있던 기간이 가장 길었

다. 그녀의 중고등학교 시절을 관통하는 단 한 명의 연예인이 바로 이승환이다.

'화려하지 않은 고백'의 3집부터였는지, '천일동안'의 4집부터였는지 정확히 기억나지 않지만 분명한 건 어느 순간부터 이승환의 모든 곡이 언니의 소니 CD플레이어에서 끝도 없이 흘러나왔다는 점이다. 이 정도 되면 팬도 아닌 내가 이승환의 전곡을 다 외우는 상황이 된다. 5집의 '붉은 낙타'는 나 역시도 꽤 좋은 노래라고 생각을 했던 기억이 난다.

언니는 '유희열의 음악도시'를 꼭 챙겨 들었다. 이승환이 패널로 나온 뒤부터였는데 이 프로그램을 통해 언니는 자신의 음악세계를 확장했다. 그렇게 우리나라 음악의 르네상스 시대(개인적인 생각입니다)라고 할 수 있는 90년대 음악을 섭렵해갔다.

H.O.T 노래를 부르며 춤을 추던 나에게 이승환을 좋아하는 언니는 뭔가 성숙한 인간이라는 생각을 하게 했던 모양이다.

언니는 이즈음 록 음악에 발을 들여놓았다. 메탈리카,

레드 제플린, 롤링스톤즈 등의 앨범을 즐겨 들었다. 그리고 지금은 아쉽게도 폐간된 〈핫뮤직〉을 사 모았다.

　도대체 이런 시끄러운 음악을 왜 듣는 건지 나로서는 알 도리가 없었지만 다행히도 록 음악을 들을 때 언니는 이어폰을 썼기 때문에 항의할 여지가 없었다. 크면서 느낀 거지만 언니처럼 조용한 성격의 사람들이 오히려 록 음악에 그렇게 열광하더라.

　대학교에 들어가서는 3호선 버터플라이 등의 인디밴드에 심취했다. 덕분에 나는 노래도 잘 모르는 밴드의 공연과 뒤풀이를 따라간 적도 있다. 그때 처음 알았다. 주류 음악 말고도 좋은 음악이 정말 많다는 사실을.

　언니는 무라카미 하루키의 팬이었다. 나는 일본문화에 다소 거리감이 있던 터라 일본 작가의 책을 읽는 언니가 낯설게 느껴졌다.

　몇 달 뒤, 하루키의 《상실의 시대》가 전국적으로 센세이셔널한 흥행을 일으켰다. 언니 몰래 이 책을 읽은 건 초등학교 5~6학년쯤이었는데, 그때 나는 '아니, 언니가 이렇게 야한 책을 읽다니!' 하는 생각과 함께 '들키면 안 된다'는 일념 하나로 이불 속에서 책장을 넘겼다. 그때의 난 '언니는 왜 하루키의 책을 좋아하는 거야?' '이 책이 뭔데 이렇게 유명해?' 하는 마음이 더 컸다. 그래서 당시 나의 독서는 하루키의 다른 책으로 확장되지 않았다.

대학생이 된 뒤에는 나도 모르게 하루키의 문장을 좋아하고 하루키의 책을 수집하는 사람이 되어 있었다. 언니 자취방 책장에 꽂혀 있던 《태엽 감는 새》 4권을 빌려와 읽은 뒤였다. 나는 하루키의 세계에 빠져들었고 지금까지도 그의 에세이를 사랑한다. 그 책은 아직도 언니에게 돌려주지 않고 내 컬렉션의 한자리를 차지하고 있다.

언니는 고등학교 때부터 기자가 되고 싶어 했다. 글을 참 잘 썼고 국어성적도 아주 좋았다. 언니가 기자가 되면 멋있을 거라고 생각했다. 그런데 고3이 된 언니에게 엄마는 한 곳은 원하는 신문방송학과를 써도 좋으니 다른 두 곳은 교대를 넣자고 설득했다. 교대와 신방과에 모두 붙은 언니는 결국 교대를 선택했다. 시골의 4남매 중 첫째인 언니에겐 초등학교 선생님이 되는 교대가 여러모로 안정적인 선택이었으리라. 그녀는 대신 학교 신문사 동아리에서 신문을 만드는 것으로 기자의 꿈을 대신했다.

　나는 군인이 될 생각이었다. 사관생도가 되고 싶었는데 고3 여름방학 사관학교 시험을 치르며 깨달았다. "아! 이 수학 문제는 내가 풀 수가 없구나. 이 길은 내 길이 아니구나" 하고. 당연히 결과는 불합격.

　수능을 치른 뒤 나는 언론정보학과에 입학했다. 나도 그때 내가 왜 언론정보학과를 선택했는지는 잘 기억이 나지 않는다. 그냥 그렇게 돼있었다.

　벚꽃이 피는 3월 학교 신문사를 찾아가 학생기자가 됐고 그렇게 나의 대학생활 절반과 맞바꾼 신문을 만들다 졸업을 앞두고 기자가 됐다.

　인정하고 싶지 않지만 시간이 흐르고 난 지금 돌이켜 생각해보니 언니는 나에게 동경의 대상이었다. 이승환의 노래와 함께 들려온 수많은 노래는 지금 내 인생의 여백을 채우는 음악이 되었다.

　여섯 살 많은 남편과 함께 음악을 즐길 수 있는 것도 내 의지와는 상관없이 언니 덕에 들었던 음악이 있었기에 가능했다. 비주류 음악의 세계 또한 빛나고 있음을 알게 된 것 역시 그녀와 함께 다녔던 인디밴드의 공연장에서였다.

언니의 책장에서 훔쳐 읽은 책의 작가는 내가 가장 좋아하는 작가가 됐고, 언니가 현실과 타협하고 선택하지 않은 길을 나는 시나브로 가고 있었다.

언젠가 언니에게 물었다.

"기자가 되고 싶었잖아. 선생님이 된 걸 후회하지 않아?"

"그렇지 않았다면 취업도 힘들었을 걸."

아주 현실적인 대답이다.

나도 모르게 나의 정신세계를 지배해온 동경했던 언니로부터 독립하는 순간이었다. 지금의 나는 내가 만든 게 분명하지만, 내가 뿌리내린 토양엔 분명 언니의 음악과 책이 녹아있음을 나는 부인할 수 없다.

무얼 하기보다,
하지 않으려 노력할 것

★

내가 함께 일한 사람 중 글을 제일 잘 쓰는 사람은 '권 선 배'였다. 그의 글은 보도자료 기사의 문장조차 빛나게 했 다. 보도자료란, 언론에 제공하는 공식적인 입장문을 말하 는데 보통 기사 형태로 돼 있다. 중요한 보도자료도 많지 만, 그냥 홍보를 위해 내는 보도자료도 많다. 그는 이런 단 순 홍보용 보도자료 기사조차 문장에 공을 들였다. 그래서 그의 기사 첫 문장은 두세 번 읽어볼 가치가 있었다.

그의 글을 읽으면서 '어떻게 이런 문장을 쓰지?' 하는 생 각을 하곤 했다. 뭐랄까 기자보다는 문장가 같았다. '이런 건 타고나는 거야'라는 생각도 했다. 그런 그는 그림도 잘 그린다고 했다. 시간만 있으면 어떤 사물이든 똑같이 그릴 수 있다고 했다. 직접 확인한 건 아니지만 그런 걸로 허세를 부릴 사람은 아니니 아마 사실일 거다. 그는 미대를 갈 생각도 있었지만 공부도 잘했기에 그냥 공부를 했을 뿐이라고 했다.

같은 팀 선배였던 그를 내가 아직도 또렷하게 기억하는 건 그의 좌우명 때문이기도 하다. 어쩌다 서로의 좌우명에 대해 이야기할 일이 있었다.

그때 내 좌우명은 '하늘은 스스로 돕는 자를 돕는다'였다. 상투적이지만 나는 그때나 지금이나 노력을 중요하게 생각하는 사람이다. 반면 그는 '남에게 폐 끼치지 않는 것'이 인생의 좌우명이라면 좌우명이라고 했다. 뭐지? 이런 걸 좌우명으로 쓰는 사람은 여태 한 번도 본 적이 없는데.

일반적으로 좌우명이라 함은 자신을 채찍질해 발전시키기 위한 동기부여 문구 정도로 정하는 게 다반사이거늘 그의 좌우명은 '내'가 아닌 '타인'에게 초점이 맞춰져 있었다.

그에게 무슨 뜻이냐고 물었다. 그는 대략 이런 설명을

했던 것으로 기억한다.

"인간은 존재 자체가 민폐이며 자신 또한 그렇다. 그래서 다른 사람에게 피해가 가지 않도록 노력하며 산다. 그뿐이다."

일리 있는 말이지만 그것이 한 개인의 가치관으로 삼을 만큼 중요한 문제인가에 대해서는 사실 동의할 수 없었다.

살면서 그의 좌우명을 마주할 때가 있다. 요즘 더욱 그렇다. 얼마 전, 아이들과 쇼핑몰에 나들이 갔을 때의 일이다. 마침 곧 인형극이 시작되려던 참이었다. 진행요원은 온 순서대로 아이들을 자리에 앉혔다. 일찍 온 우리 아이들은 맨 앞자리에 앉았다. 인형극 시작까지는 20분 남짓. 앉아서 기다리는 게 지루하다는 아이를 어르며 달래고 있는데 공연 시작을 몇 분 앞두고 한 엄마가 자기 아이들을 맨 앞자리에 앉혔다. 여태 지루함을 감내하며 기다린 다른 아이들에 대한 배려라고는 찾아볼 수가 없다. 한마디 하려다 일단 참았다. 그래도 공연이 재미있는지 아이들은 숨이 넘어가게 웃어댔다.

중간쯤 되자 아이들이 하나둘 자리에서 일어서기 시작

했다. 보통 그러면 진행요원이 아이를 앉히거나 아이의 엄마가 아이를 데리고 밖으로 나왔다. 그런데 그중 한 아이는 앉으라는 말이 들리지 않는지 계속 서 있는 거다.

진행요원이 아이 엄마를 불렀지만 좀처럼 나타나지 않았다. 결국 진행요원은 그 아이를 무리 밖으로 데리고 나왔다. 그러자 그제야 내 옆에 서 있던 여성이 그 아이의 엄마라며 나섰다. 그러면서 하는 말이 가관이다.

"우리 아이가 안 보여서 그러잖아요."

순간 내 귀를 의심했다. 진행요원은 "그래도 앉아 있는 뒤의 아이들이 안 보이니 중간에서 서 있으면 안 된다"고 설명했지만 "아이가 안 보이는데 그럼 어떻게 하냐"는 말만 되풀이했다. 옆에서 듣고 있던 나까지 화가 날 지경이다. 아이의 행동이 다른 사람에게 피해를 준다는 생각은 안 하는 걸까? 못하는 걸까? 다른 사람에 대한 배려 따위는 개나 줘버린 걸까? 당연한 것을 설명해야 하고 그 설명조차 알아듣지 못하는 사람과 말을 섞는 것은 나의 정신건강에도 좋지 않다는 생각에 꾹꾹 화를 눌러 담았다.

노키즈존에 대한 전이수 작가의 글이 인터넷에서 화제

가 된 적이 있다. 아이는 들어갈 수 없는 식당 때문에 속상했을 아이 생각에 마음이 아팠다. 하지만 식당 주인만을 탓할 수는 없다고 생각한다. 그곳을 노키즈존으로 만든 건 다른 사람에게 폐를 끼친 아이를 그대로 둔 아이의 부모 탓이라고 생각하기 때문이다.

타인을 생각하는 게 배려라면 타인에게 폐를 끼치지 않는 일은 배려의 일부분쯤 되겠다. 폐를 끼치지 않는 것은 배려에 비해 일차원적이고 소극적인 느낌도 든다. 하지만 배려는 차치하고 남에게 피해를 주지 않으려고 노력하는 것만으로도 서로 얼굴을 붉히는 일은 많이 줄어들 텐데 왜 요즘엔 그렇지 않은 일이 점점 더 많아지는 걸까.

음식점에서 타인에게 방해가 되지 않도록 내 아이를 신경 쓰는 일, 놀이터에서 다른 아이들을 위해 쓰레기를 되가져오는 일, 다음 사람을 위해 도서관 책을 깨끗하게 읽고 반납하는 일. 당연하지만 지켜지지 않는 일이 너무 많은 세상이다. 그때는 잘 이해하지 못했던 선배의 좌우명이 함께 사는 세상에서 얼마나 중요한 가치인가를 뒤늦게 절감하고 있다.

노력의 증거,
그럼에도 불구하고

★

열심히 하는 일이 있는데 요즘 그게 잘 되지 않는다. 내가 잘하고 있는 걸까? 계속 해도 될까? 잘 안 되면 어쩌지? 불안한 마음이 스멀스멀 고개를 든다. 노력한다고 모두 성공하는 건 아니라는 것쯤은 나도 알고 있다. 경험해보니 그건 분명하다. 그럼에도 불구하고 나는 여전히 노력을 신뢰한다. 노력은 언제나 무언가를 남긴다고 믿기 때문이다. 비록 성공은 아닐지라도.

내 고등학교 2학년 모의고사 성적의 발목을 잡은 건 수학이었다. 내신은 그럭저럭 나오는데 모의고사 점수가 영

나오지 않았다. 안 되겠다 싶어 수학 공부만 하기로 마음 먹었다. 하루 6시간 이상 수학 문제만 풀었다. 기초부터 차근차근하면 성적이 오를 거라고 믿었다. 순진했거나, 머리가 안 좋았거나 둘 중 하나다.

매일 하루 6시간씩 수학 문제를 풀면 연습장이 쌓인다. 한 권을 다 쓰면 책상 서랍에 넣었다. 쌓여가는 다 쓴 연습장을 보며 나는 내 수학 성적이 오르는 기분이 들었다. 그리고 몇 달 뒤 모의고사를 치렀다. 늘 40점대였던 내가 3점짜리 문제 딱 하나를 틀렸다. 전교 1등도 2개를 틀린 그날 모의고사에서 말이다.

나는 내 노력이 결실을 맺는 줄 알았다. 그런데 해피엔딩은 여기까지. 그날 모의고사가 그냥 내 문제풀이 스타일과 맞았을 뿐, 다시 점수가 떨어졌다.

수학 공부만 했으니 아예 점수가 안 오른 건 아니지만 기대한 만큼의 엄청난 성적 향상은 없었다. 책상 서랍에 다 푼 연습장이 가득 채워지도록 말이다. 노력한다고 다 이뤄지는 건 아니라는 걸 처음 알았다. 나는 수학 머리가 없다는 깨달음과 함께.

첫 직장에서 나는 취재수첩을 모았다. 매일 사람을 만나고 그들과의 대화를 수첩에 기록했다. 노트북보다 수첩이 편했다. 수첩엔 나만 알아볼 수 있는 글자가 가득했다. 나는 다른 기사보다 인터뷰 기사 쓰는 게 좋았다. 그 사람이 하는 이야기의 핵심을 잡아내고 그것을 살려 기사를 쓰면 꼭 맘에 드는 기사가 나왔다. 국장도 내게 인터뷰 기사가 좋다는 얘기를 했었다.

회사 책상 밑 박스에 취재수첩이 쌓였다. 기자를 그만두면서도 그 취재수첩만은 낑낑대고 집에 들고 왔다. 기자로 성공하지는 못했을지언정 열심히 살았던 그때를 기억하고 싶었다. 그 취재수첩은 세 번의 이사를 하면서도 꼭꼭 갖고 다니다 얼마 전 놓아주었다. 이고 지고 다니던 그 취재수첩이 없더라도 치열했던 그때의 내 모습이 사라지는 건 아니라는 생각이 들고난 뒤였다. 그거면 됐다.

최근까지 내가 신경을 쓴 건 아이의 식습관이다. 유난히 편식이 심하니 저절로 그렇게 됐다. 열심히 해 먹이면 뭐든 잘 먹는 아이가 되는 줄 알았다.

그런데 세상 일이 내 맘 같지가 않다. 엄마가 할 수 있는 건 열심히 밥을 해주는 것뿐. 아이의 편식이 심해질수록 나는 매 끼니에 더 공을 들였다. 이론적으로 한 식재료를 다양한 방법으로 여덟 번 정도 노출하면 그 식재료와 친해진다는 육아서의 말을 곧이곧대로 믿었다.

식습관이 노력만으로 해결되는 건 아니란 걸 둘째를 낳고 나서야 확실히 알게 됐다. 첫째는 못 먹는 것을 둘째 아이는 그냥 먹는 걸 보면서 '아, 그냥 다른 거구나' 하고 번뜩 깨달았다.

지나고 보면 노력해서 이룬 것도 있고, 이루지 못한 것도 있다. 나는 이제 노력한다고 모두 이룰 수 없다는 것쯤은 아는 성인이 됐다. 그런데 글로 적고 보니 성공하지 못한 기억이 더 크게 남았구나. 노력의 증거와 함께 말이다. 그렇다고 그간 나의 노력이 실패했다고 생각하지는 않는다.

정말 열심히 수학 문제를 풀었던 몇 달을 통해 나는 수학 점수는 못 얻었을지언정 내가 수학 머리가 없구나 하는 걸 알게 됐고, 수북하게 쌓인 취재수첩을 통해 그때의 열정을 기억하게 됐다. 엄마의 노력에도 불구하고 여전히 음식을 가리는 첫째 아이를 보면서 아이들은 다 다르구나 인정하게 됐다.

 노력이 매번 성공하지 않음을 아는 지금도 나는 여전히 노력을 신뢰한다. 노오력, 노오오력* 같은 젊은 세대의 자조 섞인 푸념을 이해한다. 누군가는 1만 노력하면 얻을 수 있는 걸, 다른 누군가는 10을 노력해야 얻을 수 있는 세상이라는 것 또한 알고 있다.

 그럼에도 불구하고 노력조차 하지 않으면 어떤 일도 일어나지 않을지 모른다. 로또 당첨도 로또를 사는 사람에게나 가능한 일인 것처럼. 꼰대같지만 내가 여전히 노력을 하는 이유다. 언제나 성공하진 않았지만 분명 헛수고는 아닐 그 노력을 말이다.

노오력*
노력보다 더 큰 노력을 하라는 뜻. 노오오력은 노오력보다 더 큰 노력을 의미한다. 사회가 혼란스러워 노력 가지고는 되지 않음을 풍자한 말이다.

하고 싶은 만큼 말고,
할 수 있는 만큼

★

　대학교 졸업반의 막연한 두려움은 나를 뭐라도 하게 만들었다. 오만 것에 관심을 갖고 살다 그제야 벼락치기 취업 준비를 시작했다. 그날도 도서관에서 공부를 하고 있었다. 학교 안에 가득 핀 벚꽃 때문이었는지, 살랑거리는 내 마음 때문이었는지 내내 창밖만 보다 하루가 갔다.

　결국 이날 계획한 공부량을 채우지 못했다. 가방에 무거운 책을 욱여넣었다. 공부를 시작할 때만 해도 집중해서 빨리 끝내자는 생각이었는데 도서관 들어갈 때 마음 다르고 나올 때 마음 다르다. 못한 건 집에 가서 하면 되지 하고 생각했다.

가방을 짊어지고 집에 돌아오면 상황이 달라진다. 마음이 느긋해지고, 한정 없이 쉬고 싶다. 그러다 집에서까지 책을 펴야 하나 하는 생각에 이른다. 결국 가방 속 책은 가방 밖 구경도 못한 채 다음날 다시 도서관으로 향한다. 그날 저녁에도 어김없이 '집에서 해야지' 하고 책을 가방에 넣고 집에 돌아온다.

그렇게 매일 희망사항 공부량을 지고 왔다갔다 했다. 집에 누워 불룩한 가방을 바라보다 '어차피 보지도 않을 책을 왜 들고 다니는 거지?' 싶었다. 집에서 책은 펴보지도 않을 거란 걸 그 누구보다 잘 알면서 말이다.

가방에 싸 들고 다닌 책은 일종의 마음의 짐 같은 거였다. 아직 도달하지 못한 목표 점수에 대한 불안감이 그 짐을 들고 다닌다고 사라지는 것도 아닌데 왜 그렇게 몸을 힘들게 했나 모르겠다.

'하고 싶은 만큼'이 아니라 정말 '할 수 있는 만큼'만 하자! 그리고 그다음부터는 미련하게 책만 들고 다니는 일은 하지 않았다.

아이를 키우면서도 나는 몸보다 마음이 앞설 때가 많았

다. 아침부터 아이에게 열과 성을 다한다. 맘 같아서는 뭐든 다해주고 싶은데 체력이 안 받쳐준다. 결국 저녁으로 넘어가는 시간이 되면 아이보다 먼저 지치고 말았다. 아이는 여전히 놀아달라고 보채고, 내 고갈된 체력과 인내심은 짜증으로 바뀌곤 했다. 아이는 그저 낮의 활기찼던 엄마를 원했을 뿐인데 일관성 없는 나의 몸은 이미 지쳐버렸다.

밥만 해도 그렇다. 열심히 식사 준비를 했는데 아이가 안 먹으면 그렇게 속이 상했다. "내가 얼마나 열심히 만든 건데! 이러면 엄마가 뭐 하러 밥을 하니! 다음부터는 맛있는 음식 안 해줄 거야" 말도 안 되는 협박을 한다. 생각해보면 아이는 입맛에 맞지 않아 먹고 싶지 않았을 뿐인데. 엄마가 식사 준비를 얼마나 열심히 했는지는 애초에 고려 대상이 아니다.

잠깐, "내가 얼마나 열심히 만들었는데!" 이거 어디서 많이 듣던 대사다. 막장 드라마에서 엄마가 아들에게 하던 "내가 널 어떻게 키웠는데!" 혹은 며느리한테 하던 "우리 아들이 어떤 아들인데!"와 같은 말을 내가 하고 있다.

아이에게 그런 막장 대사를 치지 않으려면 내 멋대로 내가 '하고 싶은 만큼' 최선을 다해 잘하지 말고 나도 좀 돌봐가며 '할 수 있는 만큼'만 잘해야겠다. 그 후로 나는 나를 '적당히' 나눠서 쓰기로 했다. 아이에게 내 전부를 쓰는 게 아니라, 자신에게도 쓰고, 남편에게도 쓰기로. 육아도 아침부터 전력 질주하지 말고 마라톤 하듯 페이스를 유지하기로.

하고 싶은 게 있고, 할 수 있는 게 있다. 기대치와 역량이라는 말로 바꿔 말할 수 있겠다. 그 둘이 적당히 맞아떨어지면 좋겠지만 그런 일은 대체로 흔하지 않다. 보통 기대치가 역량보다 크다. 왜 나는 이것밖에 안 되냐며 스스로에게 실망을 한다.

하지만 꺼내 보지도 않을 책을 들고 다니며 불편한 마음을 갖는 것보다 책은 걱정과 함께 도서관 사물함에 놓고 오는 게 내겐 바람직했다. 혼자 지지고 볶고 혼신의 힘을 다해 밥을 해놓고 "내가 어떻게 만든 건데 안 먹냐"며 화내는 것보다 좋아하는 음식을 적당히 차려주는 게 내겐 더 긍정적이었다.

할수있는 만큼의 일을 하는것
자신의 페이스를 유지하는것
그것을 꾸준히 하는것
적당히 잘하고있는 자신을
칭찬하는것

하고싶은 만큼이 아니라
내가할수있는 만큼
딱그만큼만 적당히 말이다

하고싶은 만큼 말고
할수있는 만큼

할 수 있는 만큼의 일을 하는 것.

자신의 페이스를 유지하는 것.

그것을 꾸준히 하는 것.

적당히 잘하고 있는 자신을 칭찬하는 것.

하고 싶은 만큼이 아니라 내가 할 수 있는 만큼, 딱 그만큼만 적당히 말이다.

굿즈를 사는 건지,
책을 사는 건지

★

알라딘 굿즈를 보자마자 '이건 사야 해' 하는 생각이 들었다. 굿즈니까 '사야 해' 라기보다는 '받아야 해'가 더 적절하겠다. 전에 받은 북 램프도 맘에 들었는데 이번 알라딘 20주년 기념 굿즈 '구슬 램프'는 더욱 갖고 싶게 영롱하다.

고백하자면, 나는 책을 많이 읽는 사람은 아니다. 매년 발표되는 '우리나라 1인 독서량'과 비교하면 그 평균보다야 많이 읽지만, 그건 소수 다독가의 독서량이 전혀 읽지 않는 다수의 사람에게 나눠진 평균치이기 때문에 일반적으로 책을 읽는 사람들과 비교하면 턱없이 부족하다.

나는 대중적인 성향의 사람으로 사람들이 많이 읽는 책 중 맘에 드는 책을 골라 읽는다. 일부 좋아하는 작가의 신간이 나오면 예약해뒀다가 구매하는 정도의 정성은 있다. 그런 내게 알라딘의 굿즈는 미뤄두었던 책을 구매하게 만드는 촉매제의 역할을 한다.

알라딘의 요술 램프는 아니지만, 알라딘의 구슬 램프를 받기 위해 장바구니를 살펴봤다. 일단 김영하 작가의 책 《여행의 이유》가 담겨 있다. 책이 나오자마자 장바구니에 넣어뒀는데 아직도 주문을 안 했구나. 《엘리베이터에 낀 그 남자는 어떻게 되었나》도 담았다. 출간 20주년 기념 리커버 특별판이라는데 안 살 도리가 있나. '특별판' '한정판'이라는 말은 쉽게 사람 마음을 움직인다. '이번이 마지막 구성' '매진 임박'이라는 홈쇼핑 광고처럼.

장바구니에 담겨 있던 무라카미 하루키의 《장수 고양이의 비밀》은 살까 말까 고민이다. 출간 이후 계속 고민 중이지만 여태 사지 않은 것과 같은 이유로 이번에도 구매에서 제외했다. 2007년에 나온 《비밀의 숲》의 개정판인데 이미 갖고 있는 책이다. 개인적으로는 요즘 나오는 하루키의 세련된 책보다는 문학사상사에서 나온 예전 책이 더 좋다. 내겐 그게 더 하루키스럽기 때문이다. 사지 않고 보니 일본 제품 불매운동이 시작됐다.

그런 다음 은유 작가의 《다가오는 말들》을 장바구니에 넣었다. 지인의 소개로 《싸울 때마다 투명해진다》를 읽고 이 작가의 책은 모두 사야지, 결심했다. 글에 담긴 문장, 가치관, 작가의 태도 모두 마음에 들었다. 작가가 책을 읽다 만난 문장들을 선별한 《쓰기의 말들》은 책을 읽고 싶게, 글을 쓰고 싶게 만들었다. 은유 작가의 글은 최근작 《알지 못하는 아이의 죽음》을 보더라도 궁극적으로 내가 글을 통해 나아가고자 하는 방향과 닮았다. 글쓰기 모임에서 추천해준 최승필 작가의 《공부머리 독서법》과 아이의 책 두어 권을 더 담고 주문을 완료했다.

책이 도착하자마자 굿즈부터 풀어봤다. 책은 책장에 꽂았다. 그중엔 아직 비닐도 뜯지 않은 책도 있어 마음에 걸렸지만 김영하 작가가 그랬다. "책은 읽을 책을 사는 게 아니라 산 책 중에 읽는 것"이라고. 이 중 손이 가는 책부터 읽으면 된다.

갖고 싶었던 구슬 램프의 불을 켜니 서재방의 분위기가
달라진다. 이걸 켜고 책을 읽으면 책도 더 잘 읽히겠지. 함
께 온《엘리베이터에 낀 그 남자는 어떻게 되었나》의 굿즈
인 하얀 텀블러도 맘에 든다. 기분 좋게《여행의 이유》를
펴 들고 소파에 자리를 잡았다.

굿즈를 사는 건지, 책을 사는 건지 구분이 잘 안 가지만
그래도 이렇게 책을 읽게 되니 결과적으로 긍정적인 것 아
닌가. 굿즈를 보고 기분 좋았던 몇 분 이후엔 결국 독서를
통한 즐거움이 이어질 것을 알고 있다. 나 같은 사람이 이
해 안 되는 사람도 있겠지만, 나 같은 사람도 분명 많다고
들었다. 나만 그런 거 아니죠?

나의 오늘,
달리 보면 그만인 것을

●
◆

★

아침부터 뭔가 안 풀린다 싶었다. 어젯밤에 9시도 되기 전에 잠이 들었는데 아침에 일어나지 못한 게 시작이었다. 온몸이 쑤셨고 발은 돌덩이처럼 무거웠다. 휴일이던 어제 오후 내내 몸이 좋지 않았다. 잠이라도 푹 자면 나아질까 했는데 잠으로 해결되지 않는 무언가가 남아 있었다. 벌써 남편 없이 여섯 번의 주말을 보냈고 이제 마지막주다.

아이들 등원을 마친 뒤 돌덩이같은 발부터 어떻게 해야 했다. 발마사지를 받아보자. 인터넷으로 10시 30분 발마사지샵을 예약을 했다. 서둘러 집안일을 마친 뒤 늦지 않게 샵에 도착했다. 그런데 예약자 명단에 내가 없다. 예약 신청은 됐지만 확정이 안 됐다. 게다가 오전엔 이미 예약이 차서 마사지를 받을 수 없다고 했다. 돌덩이같은 발만 풀면 좀 나을 것 같았는데. 아쉽지만 일단 알겠다고 하고 가게를 나왔다.

'어쩌지?' 하다 올라오는 길에 본 다른 층 마사지샵이 생각났다. 일단 가보자. 여기도 오전 예약은 다 찼다. 대신 1시엔 가능하단다. 1시면 아이들 하원 시간 전에 들어갈 수 있으니 다행이다 싶어 예약을 하고 나왔다.

시간을 보니 10시 30분이 조금 넘었다. 1시까지 뭐하지? 고민하다 근처 서점에 가기로 했다. 서점 건물에 도착하니 10시 40분. 서점이 점점 가까워지자 뭔가 기분이 싸하다. 서점 오픈 시간이 11시였던 거다. 돌 같은 발로 닫힌 서점 앞에서 얼음이 되고 말았다.

다시 '어쩌지?' 하는데, 건너편 카페가 눈에 들어왔다. 플랫화이트가 맛있는 집. 일단 저기 앉아 커피를 마시며 후일을 도모하자. 커피를 주문한 뒤 자리를 잡았다. 곧 예쁜 커피잔에 커피가 나왔다. 맛있는 커피 한 잔. 이거면 됐다. 서점의 11시 오픈 시간이 더 이상 야속하지 않았다.

커피를 마시고 서점에 갔다. 1시까지는 아직 시간이 한참 남았다. 책과 문구를 구경하다 눈에 띄는 책 몇 권을 골라 자리에 앉았다. 그러다 내 마음 같은 책 한 권이 눈에 들어왔다. 한수희 작가의 《온전히 나답게》라는 책이다. 하고 싶은 일(책을 내는 일)이 있어서인지 서점에 가면 에세이 가판대 앞을 서성이곤 하는 내가 처음 본 책이었다. 8쇄나 찍었는데 이제야 발견하다니. 설레는 마음으로 읽던 책을 계산을 한 뒤 서점을 나왔다.

어라, 갑자기 비가 내린다. 어쩌지? 마사지샵은 바로 옆 건물. 오래 올 비는 아닌 것 같은데 비가 그치길 기다릴까? 아니면 편의점에 들러 우산을 살까? 그것도 아니면 잠깐인데 비를 맞을까? 세 가지를 놓고 고민하다 그냥 비를 맞기로 했다. 달리느라 신발이 좀 젖었지만 이 정도면 괜찮다.

다행히 1시 예약시간에 맞춰 마사지를 받았다. 정말 몸이 풀렸는지, 기분 탓인지 모르겠지만 발에 얹혀진 돌덩이를 내려놓은 기분이다. 하루 종일 뭔가 일이 잘 안 풀린다 싶었는데 어쨌든 목표한 일을 하고 나니 마음이 한결 너그러워졌다.

돌아오는 차 안, 노래가 흘러나왔다. 유재하의 '내 마음에 비친 내 모습'. 유재하 1집 참 많이 들었는데 오랜만이다. 생각 없이 따라 부르다 가사가 마음에 와 박혔다.

이제와 뒤늦게 무엇을 더 보태려 하나
귀 기울여 듣지 않고 달리 보면 그만인 것을
못 그린 내 빈 곳 무엇으로 채워지려나
차라니 내 마음에 비친 내 모습 그려가리

- 유재하, '내 마음에 비친 내 모습' 중에서

노랫말에 마음을 두지 않고 부를 때는 몰랐는데 어떻게 이런 가사를 썼단 말인가. 그래, 달리 보면 그만인 거다.

나의 오늘만 해도 그렇다. 오전 예약이 어그러지는 바람에 서점에서 마음에 드는 책을 발견하지 않았나. 그 서점 또한 11시에 문을 연 덕에 오랜만에 맛있는 커피를 마실 수 있었다. 비록 비는 왔지만 맞고 걸을 수 있는 만큼이었다. 예약이 꽉 찬 발마사지샵 덕분에 더 나은 마사지샵에서 돌덩이와 함께 묵은 피로도 내려놓을 수 있었다. 무엇보다 남편 없는 여섯 번의 주말을 보냈지만, 이제 한 주만

오늘 되는 일이 없다 생각했는데
달리 생각해보니
전부 좋은 일이었구나

더 버티면 남편을 만날 수 있다.

오늘 되는 일이 없다 생각했는데 달리 보니 전부 좋은 일이었구나. 요즘 내내 마음 한구석이 허전하던 참이다. 못 그린 내 빈 곳, 무엇으로 채우나 싶었는데 가사처럼 차라리 내 마음에 비친 내 모습을 그려가면 되겠구나 하는 생각이 들었다. 그러자 더욱 마음이 편해졌다.

유재하 1집 〈사랑하기 때문에〉
유재하의 정규 첫 번째 음반이자 유고작이다. 1987년 서울음반에서 첫 발매되었다. 음반에 담긴 여러 노래들은 유재하 본인의 실제 이야기를 바탕으로 만들어진 것이다. 국내 대중음악 사상 처음으로 작곡, 작사, 편곡을 혼자서 한 '음악적 자주(自主)의 완전 실현'을 일궈낸 기념비적 성과물이라는 평가를 받는다.

- 출처: 네이버 VIBE

17년 만에
그 아이를 만났다

★

　그 아이를 만났다. 만났다기보다는 보았다는 표현이 맞
겠다. 아이들의 여름방학을 보내러 친정에 왔다 잠깐 들른
읍내의 한 가게에서였다.

　고등학교를 졸업하고 처음 봤으니 17년 만인데 나는 첫
눈에 그녀를 알아볼 수 있었다. 서로 눈이 마주쳤지만 인
사는 하지 않았다. 우린 그런 사이가 아니다. 중학교, 고등
학교를 같이 나왔지만 그 아이와 대화를 해본 건 한두 번
쯤 되려나?

　그 아이를 지나친 나는 가게 안의 거울을 찾아 머리 매무

새를 매만졌다. 더 밝은 색 립스틱을 칠하지 않은 걸 후회
했다. 옷도 좀 더 화려한 걸로 입을 걸. 다행히 맨 얼굴은
아니다.

고향의 어떤 남자와 결혼을 했단 얘긴 들었다. 옆엔 남
편과 서너 살쯤 돼 보이는 딸이 있다. 둘째를 가졌나 보다.
배가 많이 부른 걸로 보아 임신 후기쯤 되겠다. 그 앤 참 예
뻤는데 그 아이도 나이를 먹는구나. 화장을 하지 않은 얼
굴과 눈가의 주름이 생각났다.

고백하자면, 나는 학창 시절 내내 그 아이를 부러워했
다. 지금 생각해보면 자격지심 같은 거였다. 대화 한 번 제
대로 안 해봤지만 그녀에게 난 분명 그런 감정을 갖고 있
었다.

기억 속 그 아이는 눈에 띄게 예뻤다. 중학교 때는 공부
도 잘했고 예쁜 옷을 입고 다녔다. 당시 여학생들이 많이
보던 잡지에 나오는 그런 브랜드의 옷이었다. 피아노도 잘
쳤다. 피아노를 못 치는 내겐 들리는 모든 곡을 바로 연주
할 수 있는 그 아이가 참 부러웠다. 춤도 잘 추고 노래도 잘
했다. 가끔 그 아이의 노래를 듣고 싶다는 생각도 했던 기
억이 난다.

한 번은 내 친한 친구와 그 친구 무리 중 한 명이 크게 싸웠다. 학교가 발칵 뒤집혔고, 결국 당사자인 두 아이가 전학을 가는 걸로 마무리됐다. 그 아이의 친구들은 내 친구들과 상극이어서 그 뒤에는 절대 말 한 번 하지 않았다.

　그녀와 눈이 마주친 뒤 가게에서 필요한 물건을 사 가지고 나왔다. 휴대폰 카메라에 자꾸 내 모습을 비춰 보며 내가 어떻게 보였을까 생각하는 걸 보면 나는 여전히 그 아이를 의식하고 있구나. 한편으론 씁쓸한 생각이 들었다. 그 아이는 대단하게 살 줄 알았는데.
　중고등학교 친구에게 카톡을 보내 그 애를 만났다고 했다. 한 친구는 그게 누구냐 하고, 다른 친구는 얼굴을 알아본 게 신기하다고 했다. 다른 친구들에게는 그냥 동창 중 한 명인 걸 보면 아마 그 아이는 내게만 그렇게 특별했던 모양이다. 그 아이에게 나는 어떻게 기억될까 문득 궁금해졌다.

격하게 아무것도
안 하고 싶다

●
◆

★

  그런 날이 있다. 무엇도 하기 싫은 날. 격하게 아무것도
하고 싶지 않은 날이 종종 있다. 내가 마치 오랫동안 충전
을 하지 않아 방전된 핸드폰 배터리 같다는 생각이 들었다.
  남편 없이 두 번의 주말을 보내며 나는 내 모든 것을 쏟
아부었다. 밥을 해서 먹이고 설거지를 하고 아이들과 놀아
주고 치우고의 무한 반복. 돌아서면 밥할 시간이라던 엄마
의 목소리가 귀에 들리는 듯하다. 월요일 아침 등원 준비
를 위해 남겨둔 에너지를 다 소진하고 습관적으로 운동까
지는 다녀왔다. 그런데 돌아와서 씻고 나니 정말 무엇도
하고 싶지 않은 거다.

평소엔 혼자 있는 이 시간이 정말 소중하다. 해야 할 일과 하고 싶은 일을 할 수 있는 유일한 시간이기 때문이다. 엉망이 된 집을 청소해야 하고, 빨래도 해야 한다. 글을 써야 하고, 사람도 만나야 하며, 미리 저녁 준비도 해야 한다. 뭔가를 가장 효율적으로 할 수 있는 시간이 아이들이 원에 간 지금이다.

하지만 이것도 하고 싶어야 하지. 오늘은 영 의욕이 생기지 않는다.

그래서 오늘은 그냥 아무것도 하지 않기로 했다. 아무것도 하지 않으려면 일단 아무것도 하지 않을 준비를 해야 한다. 먼저 언제까지 이러고 있을지부터 정했다. 3시까지 내가 소파인지 소파가 나인지 분간이 안 가는 물아일체를 실천할 생각이다. 아침 설거지도 그냥 두자. 저녁 먹고 같이 하면 되지 뭐. 청소도 내일로 미루자. 그런다고 집이 어떻게 되는 건 아니다. 물론 세상이 어떻게 되지도 않는다. 자고로 내일 걱정은 내일모레 하는 법이다.

창문은 열어두자. 시원한 바람이 처진 몸과 마음을 달래

줄지 모른다. 창밖으로 보이는 하늘에 떠있는 구름은 그냥 그렇게 거기 떠있는 것 같아도 계속 보고 있자니 조금씩 움직였다. 내 시간도 흐르고 있다는 얘기겠지.

커피는 마셔야겠다. 커피를 내려 다시 소파에 깊숙이 눌러 앉았다. 다시 하염없이 밖을 바라보고 있다. 책을 몇 권 가져와 들춰봤지만 글자를 읽는 건지 책을 보는 건지 내용이 들어오지 않는다. 책은 안 되겠다 싶어 다시 내려놨다.

종종 이런 날이 있다. 아무것도 하고 싶지 않은 날. 몸은 무겁고 머리는 멍하다. 카페인이 부족한가 싶어 커피를 한 잔 더 마셨지만 정신이 깨지 않는다. 눈이 무겁지만 졸린 건 아니다.

모든 게 멈춘 것 같아도 이러다 곧 3시가 되겠지. 문득 오늘 저녁은 뭘 해 먹이지 하는 생각이 들었다. 냉장고에 뭐가 저렇게 많이 들었는데 밥 한 끼 못 해먹겠나 싶어 그것도 이따 생각하기로 한다.

그리하여 나는 오늘 아무것도 하지 않았다. 망부석처럼 소파에 앉아 열심히 그리고 격하게 아무것도 하지 않았다.

밤에 핸드폰을
놓지 못했던 이유

어젯밤엔 통 잠이 안 왔다. 보통은 애들 재우다 애들보다 먼저 잠이 드는 난데 말이다. 낮에 마신 맛있는(그러나 카페인이 많았던) 커피 탓인지는 모르겠지만 아이들이 모두 잠든 뒤에도 나는 쉽게 잠들지 못했다.

아침 알람을 위해 발밑에 두었던 핸드폰을 집어 들었다. 이것만 잡으면 누운 채로 두 시간도 보낼 수 있으니 각별히 주의해야 하지만 참 쉽지 않다. 편하고 재미있는 온갖 것이 끝도 없이 나오는 이 요물을 어제는 더더욱 거부할 수가 없었다. 분명 다음날 아침 몰려오는 피곤함으로 후회할 것을 알면서도 말이다.

어제는 하루 종일 아이들과 있느라 핸드폰을 볼 시간이 없었다. 그렇다고 이걸로 특별한 일을 하는 것은 아니다. 그래 봤자 카카오톡, 블로그, 카페, 브런치, 밴드 정도가 내가 핸드폰으로 하는 전부다.

결국 유혹을 뿌리치지 못하고 핸드폰을 집어 들고는 여기저기 기웃거리기 시작한다. 처음엔 조금만 보고 자려고 했다. 그러나 앱은 꼬리에 꼬리를 물고 이어져 핸드폰을 놓지 못하게 한다. 세상 구경을 좀 해볼까 하는 생각으로 뉴스를 보다 보면 전부터 눈여겨보던 원피스가 팝업 광고로 뜨고, 파도 타듯 쇼핑몰의 옷을 구경하다 보면 한 시간은 기본이다.

그러다 낮에 대충 넘긴 카톡 메시지를 정독하기 시작한다. 그때 누군가 이야기를 시작하면 또 한참 대화에 빠져든다. 낮엔 대화가 끝나고 뒤늦게 톡을 확인하는 경우가 많아 이야기에 끼지 못할 때가 많지만, 누구의 방해도 없는 밤 대화를 할 때면 친구들과 정말 대화를 하고 있다는 생각이 든다.

브런치, 블로그, 카페를 순차적으로 돌며 글을 읽다 보니 벌써 12시가 다 돼 간다. 여전히 잠이 오지 않는다. 작은 휴대폰 하나를 들고 유유히 세상을 돌아다니다 문득 양쪽에서 들리는 숨소리에 고개를 돌려보니 쌔근쌔근 잠들어 있는 아이들이 보인다. 깜깜한 방 안, 휴대폰 불빛 속에 킥킥대는 나는 지금 뭘 하고 있는 걸까?

하루 종일 아이에게 내 모든 시간을 맞춘 날 밤에는 내 시간을 갖고 싶다는 생각이 더욱 커졌다. 나를 위한 일종의 휴식이랄까? 적어도 이 밤 이 시간엔 누구의 방해도 받지 않고 온전히 내가 하고 싶은 걸 할 수 있다. 낮 동안의 부족했던 내 시간을 만회하려고 이렇게 잠들지 못하고 핸드폰을 붙들고 있다. 일종의 보상 심리 같은 거다.

물론 안방을 나와 거실에서 무언가를 할 수도 있지만, 이미 이불 속에서 따뜻하게 덥혀진 지친 몸을 일으키기란 쉽지 않다. 몸과 정신의 부조화. 그러니 몸은 편하지만 정신은 뭔가 할 수 있는 가장 쉬운 방법인 핸드폰을 들고 정신의 허기짐을 채우는 수밖에.

한때 이것이 나를 사회와 연결해주는 유일한 고리라고 생각했던 적이 있다. 아이가 어려 밖에도 못 나가고 집에만 있을 때 대화를 나눌 사람도, 정을 붙일 곳도 없을 때 휴대폰이 들려주는 소식을 듣는 게 세상과 소통하는 유일한 통로라고 믿었다. "너무 휴대폰만 보는 게 아니냐"는 남편의 핀잔에 "당신이 하루 종일 집에만 있는 내 맘을 아느냐"고 쏘아붙이던 그때.

아이들 방학이 시작되고 2주 동안 내 시간이 전혀 나지 않자 아이들을 재우고 다시 핸드폰을 들여다보는 시간이 늘었다. 문제는 이렇게 시간을 보낸다고 나의 헛헛한 정신이 채워지는 건 아니란 거다. 다음날 아침이면 '아, 어제 그냥 잘 걸' 하고 후회한다.

그러자 그 숱한 밤의 무의미한 핸드폰질에 후회가 밀려왔다. 이런저런 생각을 하며 핸드폰 시계를 보니 벌써 새벽 2시가 넘었다.

다음 날 아침, 엄마보다 먼저 일어난 아이들은 "엄마, 언제 일어날 거야?" 하며 내 기상을 재촉한다. 원래도 잘 못 일어나는데 오늘 아침잠은 더욱 깨지 않는다.

안 일어나는 게 아니라 못 일어나는 거다. 정말이다. 어제 그렇게 늦게 잠들었으니 당연하지. 오늘도 찌뿌둥한 몸으로 아침을 시작한다. 어제도 알고 있었지만 간밤의 휴대폰질은 후회만 남았다.

확실해졌다. 나의 정신적 허기짐을 채우기 위해 잠자리에서 들었던 한밤중 핸드폰과는 이젠 정말 안녕해야 한다는 걸.

PART 004

오늘도
안녕합니다

신혼집 가구 만드는 남자

●

◆

★

결혼을 하고, 아이를 낳아 키우면서 사람들이 으레 하는 것들이 있다.

결혼식을 준비할 때는 스드메(스튜디오, 드레스, 메이크업)라는 결혼식 준비 패키지가 존재하고, 아이를 낳으면 산후조리원에 들어가고, 스튜디오에 가서 사진을 찍고 성장앨범을 만든다. 누가 언제부터 그랬는지는 모르겠지만 보통 그렇게들 한다.

우리는 그러지 않기로 했다. 특별한 철학이나 의지가 있었던 건 아니다. 그냥 그러고 싶지 않았을 뿐이다. 남들이 하는 거 말고, 우리가 하고 싶은 걸 하기로 했다. 지나고 보니 그 결정들이 모여 다른 방식의 삶이 되고 우리 가족만의 추억이 됐다.

7년 연애를 한 우리가 결혼을 하게 된 데는 내가 살던 집의 계약 만료와 이직이 결정적이었다. 서울에서 혼자 살던 나는 새로 출근할 회사 근처로 집을 알아보고 있었다. 그런데 영 맘에 드는 집이 없었다. 좋은 집은 비싸고, 갖고 있는 돈으로 계약할 수 있는 집은 열악하기 짝이 없었다. 마침 서울 집에서 회사 버스로 출퇴근하던 남편은 이참에 함께 살 신혼집을 구하자고 했다. 우린 그렇게 신혼집을 계약했다.

신혼집을 계약한 뒤 이에 맞춰 결혼식 준비를 시작했다. 신혼집으로 이사한 뒤 결혼식이 늦어지면 양가 부모님께서 걱정을 하실 테니 늦지 않게 식을 올리기로 했다. 이 사람과 결혼을 하겠다 싶긴 했지만 결혼식 날짜가 그렇게 정해질 줄은 나도 몰랐다.

자취집 짐을 빼던 날, 쓰던 살림을 남편 차에 싣고 새집에 들어갔다. 남편은 옷 말고는 가져올 짐이랄 게 없었다. 밥그릇, 국그릇, 숟가락, 젓가락, 전기밥솥, 이불 정도를 싸

가지고 새집으로 이사했다. 함께 살면서 필요한 것을 하나씩 샀다.

냉장고, 세탁기 등 가전제품은 전자제품 비교 분석에 능한 남편이 고르고 샀다. TV는 사지 않기로 했으나 영화와 음악은 좋은 걸로 보고 들어야겠다며 프로젝터와 스피커만큼은 신중하게 골랐다. 음식을 하다 블렌더가 필요하면 블렌더를 사고, 청소기가 필요하면 청소기를 샀다.

가구도 없다. 싱크대 옆 아일랜드에서 식사를 하고, 침대 없이 바닥에서 잠을 잤다. 컴퓨터는 스피커를 살 때 함께 온 박스 위에 올려두고 쓰던 참이다. 이런 불편한 생활을 하면서도 가구를 사지 않은 이유는 남편이 직접 만들고 싶어 했기 때문이다. 목공은 남자들의 로망이 아니던가. 원래 손재주가 좋은 사람이라 그러라고 했다.

남편은 바로 공방에 등록했다. 그러곤 선생님께 신혼집에 박스만 놓고 사는 상황이니 바로 가구제작에 들어가고 싶다고 얘기했단다. 그날부터 남편은 틈만 나면 공방에 가서 가구를 만들었다.

평일에는 매일 가구 디자인에 집중했다. 그는 꿈에서도

가구를 만들었고 자다 일어나 가구 아이디어가 떠올랐다며 메모를 하기도 했다. 정말 엄청난 집중력을 가진 사람이다.

주말에는 아침을 먹고 공방에 가서 점심밥도 거른 채 가구를 만들고 저녁이 다 돼서야 집에 돌아왔다. 나도 동의를 한 일이니 처음엔 그러려니 했으나 주말마다 남편은 공방에 가고 나는 독수공방을 하니 이게 뭔 신혼인가 싶은 생각이 들 정도였다.

침대, 거실장, 책상, 책장, 식탁, 식탁의자, 거실 테이블, 조명까지 우리 집의 가구가 모두 만들어지는 데는 6개월여의 시간이 걸렸다.

다행히 감각 좋은 남편이 공들여 만든 우리 집 가구는 그때 보아도, 지금 보아도 참 예쁘다. 내가 가장 좋아하는 남편의 가구는 낮게 만든 침대와 침대 옆에 뒀던 조명 '발광목'이다. 블로그에 올려둔 조명 사진을 보고 어디서 구매했냐는 쪽지도 여러 번 받았을 정도다.

지금은 뭐든 만지고 오르려는 아들들 때문에 소파 위에 두고 책을 읽을 때 조명으로 사용하고 있지만 아이들이 잠자리 독립을 하면 다시 침대 옆에 둘 생각이다.

어떤 친구들은 혼수 하나 안 하고 결혼해서 좋겠다고 하고, 어떤 친구는 아무것도 없이 몇 달간 박스 놓고는 못 산다고 얘기했다. 그러게 말이다. 그러니까 결혼은 맞는 사람끼리 하는 거지 싶다.

몰라도 괜찮았던
산후조리원

●
◆

★

　임신을 하고 배가 불러오면서 산후조리원을 갈지 말지 고민이 생겼다. 보통 임신 안정기가 되면 엄마들은 산후조리원 투어를 하고 그중 맘에 드는 곳을 예약한다. 미리 예약하지 않으면 인기 있는 곳은 갈 수가 없다며 서두르라는 충고도 들렸다. 산후조리원은 천국이고, 거기에 가야 조리원 동기가 생기며 그래야 아이 친구도 만들 수 있다고 했다.

　산후조리원에 가서 후회한 사람은 있어도 안 간 사람은 없어서 판단이 잘 서지 않았다. 결정을 위해 산후조리 관련 책과 다큐멘터리를 찾아봤다. SBS 〈산후조리의 비밀〉

1·2부, KBS 〈다큐 3일〉 '엄마의 탄생 – 산후조리원 72시간' 등이 그것이다.

몇 년 전 기억이라 가물가물하지만 다큐와 책의 내용을 정리하면 대략 이렇다.

서양의 경우 산후조리라는 개념이 없는데 이는 동양인과 서양인의 신체구조가 다른 데 기인한다. 이 때문에 서양에서는 출산 후 바로 샤워도 하고 시원한 음료를 마시기도 한다. 출산을 한 뒤에는 아이와 함께 집으로 돌아온다. 반면 동남아시아 쪽에는 산후조리 문화가 존재하며 특히 한국에서는 산후조리원이라는 형태로 발전했다.

관련 영상과 서적을 통해 우리 부부는 산후조리는 해야 하지만 산후조리원이 필수는 아니라는 결정에 다다랐다. 집에서 산후조리를 하되, 둘 다 육아는 해본 적이 없는 만큼 아이를 돌보는 것은 산후도우미의 도움을 받기로 했다. 처음에는 남편이 직접 산후조리를 해주겠다고 했지만, 남편도 출산이 처음인데 어떻게 산후조리를 해주겠다는 건지 알 수 없어 거절했다.

우리 부부의 계획은 출산 다음날 위기를 맞았다. 1월 12

일에 아이를 낳았는데 1월 출산이 너무 많아 산부인과 병실이 부족했다. 병원에서는 우리에게 1박 2일만 있다가 방을 빼줄 수 있냐고 물었다. 청천벽력 같은 소리였다. 우리는 산후조리원도 가지 않아서 이대로 집에는 못 간다며 사정을 얘기했다. 다행히 다른 산모가 일찍 산후조리원으로 자리를 옮긴 모양이다. 하루 이틀의 유예기간 동안 우리는 마음의 준비를 했다. 사흘 만에 집에 돌아와 결국 멘붕에 빠지긴 했지만 아이 낳은 엄마라면 누구나 한 번은 겪을 일이었다. 그리곤 우릴 도와주러 오신 산후도우미 이모님께 하나하나 천천히 배우며 본격적인 육아에 돌입했다.

둘째를 낳고도 같은 선택을 했다. 첫째 때와 비슷한 이유에서다. 이때 와주신 산후도우미님은 나와 아기에게 참 잘해주셨다. 설날을 지내고 오신 뒤에는 직접 만든 만두를 가져와 만둣국을 끓여주시기도 했다. 너무 맛있게 먹는 내게 마지막 날엔 냉동실에 두고 먹을 수 있게 만두를 빚어주신다고 했는데, 내가 거절했다. 그 만두는 다시 맛볼 수 없었지만 두고두고 감사함으로 남았다.

산후조리원에 갈지 말지는 아이의 양육 환경을 고려해 부부가 결정할 일이다. 하지만 지금은 산후조리원이 선택이 아닌 필수가 되어가는 모양새다. 나는 다만 다른 선택이 존재한다는 얘길 하고 싶었다.

산후조리는 출산 전 부부의 성향과 아이 양육 환경 등을 고려하여 선택하면 된다. 산후조리원에 가지 않은 것은 현명한 선택이었다고 나는 지금도 생각한다.

하나뿐인 만삭 사진을 찍는
유쾌한 방법

★

　나는 두 아이의 성장 사진을 찍지 않았다. 스튜디오 만
삭 사진도 안 찍었다. 여기에는 남편의 의지가 작용했다.
남편은 우리의 임신과 아이의 성장 과정을 직접 사진으로
찍고 싶어 했다. 남편은 하고 싶은 게 참 많은 사람이다.
그를 보면 이렇게 하고 싶은 게 많은데 회사는 어찌 다니
나 하는 생각이 들 때가 있다.

　그는 성장 사진을 찍을 가격이면 스튜디오 조명을 살 수
있다며 그렇게 해도 되냐고 물었다. 하고 싶으면 해야지,
나는 그러라고 했다. 그리고 쇼핑몰을 운영하던 사람에게

서 중고로 조명기기를 사 가지고 왔다. 판매자는 쇼핑몰을 하는 거냐고 물었고, 우리는 만삭 사진을 찍으려 한다고 대답했다. 의아해하는 판매자의 표정이 아직도 기억난다.

우린 우리만의 방식으로 아이를 기다리며 사진을 찍었다. 2주에 한 번 같은 옷을 입고 같은 곳에서 배가 불러오는 과정을 사진에 담았다. 주말마다 사진을 찍는 건 우리가 아이를 기다리는 방식이기도 했다.

산부인과와 연계된 스튜디오에서 무료로 만삭 사진을 찍어준다고 할 땐 전문가의 손길이 담긴 사진에 조금 욕심이 나기도 했지만 세상에 공짜는 없다는 남편의 말에 흔들리지 않기로 했다.

이렇게 사진을 찍은 뒤 이어서 동영상으로 편집을 하면 배가 점점 불러오는 모습이 재밌는 만삭 동영상을 만들 수 있다. 뭐든 신기하고 조심스러운 임신 초기엔 이 시간이 기다려졌다. 임신 중기를 넘어서서는 다소 귀찮아지기도 했으나 임신 말기엔 너무 커져버린 배가 신기해서라도 카메라를 들었다.

우리는 2주에 한 번씩 찍는 사진 말고 다른 사람들이 찍는 만삭 사진도 찍기로 했다. 처음엔 집에 있는 스크린을 배경으로 쓰려고 했으나 이걸로는 한계가 있어 큰 종이를 별도로 설치해 바닥까지 내려서 배경으로 사용했다.

첫 아이 출산 전날도 우리는 집에서 만삭 사진을 찍고 있었다. 예정일을 며칠 앞두고 있으니 진짜 만삭이라며 한껏 부른 배를 사진에 담았다.

사진을 다 찍고 잠자리에 들려고 하는데 양수가 터졌다. 우리는 그날 뱃속 아이와 함께 찍던 사진기를 들고 분만실로 들어가 아이가 탄생하는 과정을 카메라에 담았다. 그날은 지금도 잊을 수가 없다.

그 후에도 우린 50일 촬영, 100일 촬영, 200일 촬영 같은 남들 다하는 스튜디오 사진을 찍지 않았다. 대신 아이의 평범한 일상을 그대로 카메라에 담았다. 예쁜 옷을 입고 있지 않아도, 멋진 배경이 없어도, 빛을 잘 활용하지 못해도 아이의 성장을 충분히 담은 사진들이 넘쳐났다. 이런 사진을 차곡차곡 블로그에 저장했다. 일상을 기록한 엄마 아빠의 사진으로.

지금 생각하면 결혼 전 스튜디오 촬영도 하지 말걸 하는 생각도 든다. 요즘엔 셀프 웨딩 사진도 많이 찍는데 그때는 그걸 생각할 겨를이 없었다.

얼리어답터 아내의 고충

●
◆

★

남편이 차를 팔았다. 나름 아낀다고 기계 세차 한 번 하지 않은 차를 사흘 만에 팔아버리고 남편은 휙 장기출장을 떠나버렸다. 1년 동안 정도 참 많이 들었는데 말이다.

남편은 4년 전쯤 전기차인 테슬라 모델 3*를 예약했다.

* 테슬라는 아이언맨의 롤모델이기도 한 엘론 머스크가 지난 2003년 설립한 미국의 전기자동차 회사다. 모델 3는 테슬라가 내놓은 보급형 모델로 타 기종(모델 S, 모델 X)과 비교해 가격 면에서 매력적이다.

문제는 전기차 양산이라는 난제가 쉽게 해결되지 않아 언제 한국에 들어올지 모른다는 거다.

모델 3를 기다리다 지친 남편이 차선책으로 선택한 차가 이번에 판 쉐보레 볼트 EV다. 이것도 전기차다. 몇 달 집을 비우니 차를 그냥 세워두는 것보다 파는 게 낫고, 올 하반기로 넘어가면 값이 떨어질 테니 지금이 적기이며, 출장을 마치고 돌아오면 예약한 모델 3가 나오겠지 않겠냐는 생각이 맞물려 번갯불에 콩 구워 먹듯 차를 팔아버린 것이다. (정말 출장에서 돌아온 2019년 말 남편은 근 4년만에 모델 3를 받았다)

볼트 EV는 전기차 상용화에 대한 남편의 실험이었다. 그는 이것으로 앞으로 전기차를 계속 타도 되겠다는 결론을 내렸다.

그는 얼리어답터다. 관련 기술과 제품에 관심이 많고 그 중 일부는 집에 들인다. 제품 구매에 관해서는 가성비를 중요하게 생각하는 사람이라 쉽게 물건을 사지는 않는 '합리적 소비형 얼리어답터'쯤 되겠다. 이런 남편의 성향은 한때 내게 업무적으로 도움이 되기도 했다.

IT 문외한인 내가 IT업계에 몸을 담고 있던 시절, 남편의 지속적인 관심과 조언은 업계 동향 파악에 큰 역할을 했다.

그러나 가정에서 얼리어답터 남편이 꼭 좋은 것만은 아니다. 이번에 판 차만 놓고 봐도 그렇다. 출장에서 돌아와 원래 타던 경차로 몇 달을 더 나야 한다. 통근버스를 타고 출퇴근을 해도 자차로 움직일 때보다 더 많은 시간이 걸릴 것이다. 또 4년간 안 나온 차가 언제 나올지도 모르지 않나.

남편이 예약한 건 차뿐만이 아니다. 그 시기쯤, 그러니까 이것도 4년이 지났다. 아주 신박한 아이템이라며 '골전도 안경'을 예약했다. 골전도란 음파가 두개골에 전도되어 직접 내이에 전달되는 현상으로, 골전도 안경은 안경에 골전도 블루투스 이어폰이 결합된 형태라고 보면 된다.

문제는 이 안경도 여태 나오지 않아 결국 작년에 다른 안경을 사야 했다는 점이다. 이 안경은 예약 4년 만에 배송이 됐지만 남편은 자신과 어울리지 않는다며 일주일 만에 다른 사람에게 팔았다.

남편은 집도 스마트홈 구축을 최종 목표로 하고 있다. 출발은 아마존 에코 구매에서 시작했다. 출시 초기 아마

존 프라임에 가입까지 하며 기다려 구매했다. 지금은 구글 홈, 카카오 미니, 네이버 클로바 등 음성인식 스피커가 흔해졌지만 몇 년 전엔 오직 이것뿐이었다. '알렉사(Alexa)'를 부르고 명령하면 전등, 프로젝터, 리시버 등의 전원을 제어할 수 있다.

편리하라고 세팅해놓은 것인데, 솔직히 불편할 때가 더 많다. 내 영어를 못 알아들어서 서너 번 얘기할 때면 그냥 가서 켜면 되는데 이게 뭐 하는 건가 싶다. 리모컨 버튼을 누르는 게 어째서 불편하다는 건지 이해가 안 된다. 남편은 그게 왜 불편하지 않은지 이해가 안 간단다.

에코를 산 뒤에는 이것을 활용해 제어할 수 있도록 하는 이름 모를 장치를 더 주문했다. 이것들 때문에 이사를 할 때마다 집을 세팅하는데 시간이 너무 많이 걸린다.

나는 생활이 더 편리했으면 좋겠다고 생각해본 적이 없다. 있으면 있는 대로 없으면 없는 대로 사는 사람. 그게 불편하지 않으며 불편을 느껴도 그냥 그렇구나 생각하고 만다. 하긴 나 같은 사람만 있으면 세상에 발전이 없겠지.

남편은 작은 불편이 생기면 더 편리하게 바꾸고 싶어 궁리를 하는 사람이다. 청소를 하다가 불편한 부분이 있으면 청소도구를 바꿔서라도 문제를 해결한다. 벌써 청소기를 몇 번이나 사고 팔았는지 모른다. 주방기구도 더 좋은 것이 있으면 그렇게 사고 싶어 한다. 차를 파는 남편을 보며 얼리어답터의 아내로 사는 것도 나름 고충은 있다는 생각이 들다가도, 그래도 남편 같은 사람들이 바꾸고 있는 세상의 변화가 놀랍긴 하다.

100만 원,
내 고생 값

●
◆

★

문제 1) 한 달 살기 여행을 마치고 돌아오는 비행기에 관한 질문이다. 남편과 같이 들어오는 항공편의 성인 1명, 어린이 2명의 값은 320만 원, 비슷한 시간대 다른 항공편의 가격은 220만 원이다. 100만 원 차이가 난다. 당신이라면 무엇을 선택할 것인가? (어차피 남편은 이미 출국을 한 뒤라 혼자 두 아들을 데리고 미국에 가야 하는 상황은 변하지 않는다)

① 100만 원 더 내고 남편과 같은 비행기를 탄다.
② 100만 원 저렴한 다른 비행기를 탄다.

귀국할 때 혼자 13시간의 비행을 감당하면 100만 원을 아낄 수 있다. 혼자라면 고민도 없이 남편과 다른 비행기를 탈 수 있지만 내겐 3살, 6살 두 아들이 있다. 출국할 때야 선택의 여지가 없으니 혼자 데리고 간다 치자. 그런데 돌아올 때도 독박 비행을 해야 할까? 주위 사람들이라면 어떤 선택을 할까? 의견을 물어보기로 했다.

일단 열 명 중 두 명은 '아예 안 간다'고 했다. 왜 사서 고생을 하냐면서 말이다. 차라리 여기서는 유치원도 가고 어린이집도 가는데 거기서는 남편 출근하면 엄마만 고생 아니냐고 덧붙였다. 다른 일곱 명은 '100만 원 싼 표를 사겠다'고 했다. 그래도 100만 원은 큰돈이니 엄마가 힘들어도 어쩔 수 없지 않겠느냐며 말이다. 오직 한 명만이 "무슨 혼자 애 둘 데리고 이코노미냐! 비즈니스를 끊어라" 라고 했다. 동생이 혼자 고생할까 봐 걱정인 우리 언니의 의견이었다. 말이라도 고맙다.

고민 끝에 나는 100만 원을 아끼기로 했다. 나뿐 아니라 대부분의 엄마가 같은 선택을 했을 거라 생각한다. 비행기에서의 13시간에 인천공항과 샌프란시스코 공항에서 각각 2시간씩의 대기시간을 더하면 대략 17시간만 고생하면 된다고 생각하기로 했다. 100만 원을 버는 일은 정말 힘든 일이라는 것을 잘 알고 있다.

출국 전까지는 괜히 억울한 마음도 있었다. 남편이 없는 두 달 동안 혼자 버티기 힘든 그런 날엔 계속 내가 스스로 아낀 100만 원이 떠올랐다. 그런 내게 남편은 100만 원 값의 뭔가를 사면 기분이 좀 나아지겠냐며 그러라 했지만, 나는 또 그러지도 못한다.

그렇게 며칠은 미국 여행을 기대하며 설레고, 또 며칠은 남편 없는 독박 육아의 힘듦에 서러워하고, 또 며칠은 내가 무슨 부귀영화를 누리겠다고 100만 원을 아꼈을까 후회하다 두 달이 흘렀다. 그리고 무사히 아들 둘을 데리고 샌프란시스코 공항에 도착해 남편을 만났다.

귀국편 비행기 시간이 잘못됐다는 걸 안 건 우리 여행이 2주도 채 남지 않은 어느 날이었다. 그때까지만 해도 나는 남편의 귀국 비행기 일정을 정확히 알지 못했다. 오후 12시쯤이라기에 밤 12시인가 보다 했을 뿐이다. 그런데 남편 비행기 시간은 낮 12시 40분이고, 내 비행기 시간은 그날 밤 11시 30분이라는 걸 그제야 확인한 거다. 둘 다 똑같이 오후로만 돼 있어서 같은 시간대인 줄 알았다(귀국 도착시간이 왜 다르지 하는 지금 생각하면 말도 안 되는 궁금증을 안고 있었을 뿐). 어떻게 그런 것도 제대로 확인 안 했냐고 한다면 할 말은 없다. 남편과 나 모두의 안일함이 불러온 결과다.

약 5분 정도 멘붕에 빠졌지만 일단 수습부터 해야 했다. 남편이 먼저 출국한 뒤 혼자 짐을 싸 들고 두 아들과 공항에 가는 건 쉽지 않은 일이다. 결국 내 귀국 일정을 하루 당기기로 했다. 남편이 비행시간에 맞춰 샌프란시스코 공항에 데려다주고 짐 수속을 해주면 나는 두 아들과 비행기를 타고 돌아오면 된다. 어차피 다른 비행기를 타기로 마음먹었으니 공항에서 몇 시간과 인천공항에서 집으로 돌아오는 몇 시간만 더 감당하면 된다. 다행히 항공사에서는 추가 금액 없이 비행 일정을 변경해줬다.

결론부터 말하자면 남편과 다른 비행기를 탄 건 괜찮은 선택이었다. 혼자 아들 둘을 데리고 돌아오는 것도 할 만했다. 첫째 아들은 엄마의 짐을 들어주겠다고 나설 정도로 많이 커 있었고, 둘째는 잘 먹고 잘 자줬다. 그리고 남편에게도 3개월의 미국 생활을 정리할 조용한 마지막 밤이 필요했을 거라 생각한다.

미리 고민하고 걱정한다고 일이 해결되는 것도 아닌데 뭘 그렇게 지레 겁부터 먹고 걱정 속에서 살았나 모르겠다. 해보니 별거 아니란 생각이 하고 나서야 들었다.

밤 비행기에서 푹 잔 덕에 나와 아들 둘은 하루 이틀 낮의 피곤함은 있었지만 무리 없이 한국의 일상으로 복귀했다. 하지만 남편만은 일주일 여 시차 적응에 밤잠을 이루지 못했다. 어쩌면 우리보다 오래 떠나 있었던 탓에 그곳에서의 하루하루가 더 그리웠을지 모른다는 생각이 문득 들었다.

층간소음 유발자도
스트레스 받습니다

●
◆

★

*이 글은 윗집 입장에서 쓰인 글이라는 점을 미리 말씀드
  립니다.

고백하자면 아들 둘을 키우는 우리 집은 층간소음 유발
자다. 우리 집 아이들이 보통의 아이들에 비해 얌전한 편
이긴 하지만 아이는 아이인지라 완벽하게 통제가 되지는
않는다. 그나마 첫째는 말을 잘 들어서 집에서 항상 뒤꿈
치를 들고 다니는데 둘째가 문제다. 아무리 혼내도 그때뿐
이다. 둘째가 이럴 줄 알았다면 우린 절대 이 집에 이사 오
지 않았을 거다. 정말이다.

아랫집엔 부부와 초등학생 여자 아이가 산다. 몇 번 엘리베이터에서 만난 아이는 영어 책을 읽고 있었다. 누가 봐도 얌전한 아이다. 지금 모습으로 봐서는 아마 어릴 때도 뛰는 걸로 엄마에게 혼 난 적이 없었을 것 같다. 그런 여자 아이 한 명을 키우는 아랫집 부부는 우리 집이 이해가 안 될 것이다. 백 번 이해한다.

우리라고 손을 놓고 있는 건 아니다. 우리 집 거실과 안방, 복도에는 두꺼운 층간소음 매트가 깔려 있다. 하지만 아이들이 매트 위로만 다니는 건 아니.

집에서는 실내화를 신기려 노력하고 있으며 뛸 때마다 뛰지 말라고 혼을 내고 있다. 실내화를 벗어던지는 둘째는 뛰지 말라는 말을 한 귀로 흘리는 것 같다. 누가 그랬다. 이때 남자아이는 강아지보다 말을 듣지 않는다고.

결국 우리 집은 아랫집과 불편한 관계가 되고 말았다. 우리 집은 층간소음 유발자, 아랫집은 층간소음 피해자로 말이다.

돌이켜 생각해보면, 지금 집으로 이사를 한 뒤 바로 아랫집에 인사를 갔어야 했다. 물론 그런다고 지금의 상황이 달라지지는 않았겠지만 그래도 내 마음의 짐은 좀 덜었을 것이다.

우리는 이사를 한 뒤 짐을 정리한다고 며칠 늦게까지 깨어 있었다. 그렇게 사흘이 지나니 다음날 아침 현관문에 포스트잇이 붙었다. 아랫집이었다. 며칠 참다가 화를 누그러뜨리고 쓴 편지였다.

다음날 남편은 회사 근처의 유명한 케이크집에 들러 케이크를 사 가지고 들어왔다. 그리고 큰아이를 데리고 아랫집 초인종을 눌렀다.

"이사하고 먼저 인사를 드렸어야 했는데 죄송합니다. 밤에 짐을 정리를 하느라 아이들이 깨 있어서 피해를 줬습니다. 앞으로 밤에 이런 일이 없도록 하겠습니다. 정말 죄송합니다."

아랫집 남편과 좋게 얘기를 하고 있는데 아내분이 나와서 불편한 마음을 내비쳤다. 웃으면서 옆에 서 있던 첫째 아이도 상황을 파악하고는 얼음이 되고 말았다. 죄송하다는 말을 연거푸 몇 번을 더 하고 남편은 아이와 올라왔다.

그날부터 우리 가족의 본격적인 스트레스가 시작됐다.

(물론 층간소음 피해자인 아랫집의 스트레스 역시 엄청났을 거라고 생각한다)

아이 발소리만 나도 "뛰지 말아라!" 목소리가 높아졌다. 층간소음을 줄여준다는 슬리퍼도 사다 신겼고, 매트도 더 깔았다. 그러나 남자아이의 기억력과 자제력은 엄마 인내심의 한계를 넘어선다. 꼭 소리 높여 혼내는 상황이 발생했고 아이의 울음으로 상황이 정리되곤 했다.

그렇게 몇 번 크게 혼난 큰아이는 스스로 소리 나지 않게 뛰는 방법을 터득했다. 발꿈치를 들고 뛰니 거의 소리가 나지 않았다. 마치 닌자 같았다. 아랫집에 피해를 주지는 않는 것 같아 일단 두기로 했다. 엄마로서 그것까지 못하게 할 수는 없었다. 첫째 아이는 어렸을 때부터 몇 번 하지 말라고 하면 하지 않는 말을 잘 듣는 아이였다.

그러나 복병이 나타났다. 바로 둘째 아이. 누워만 있던 둘째가 기기 시작했다. 처음에는 아이의 기는 소리가 문제가 될 거라고는 생각하지 못했다. 그런데 문에 다시 포스트잇이 붙었다. 둘째 얘기가 분명했다.

이때까지만 해도 미안하기만 했던 층간소음 유발자의

마음은 조금 억울한 마음으로 바뀌었다. 돌도 되지 않은 아기의 기는 소리가 문제가 된다면 그건 기는 아기의 잘못일까? 기게 둔 아기 엄마의 잘못일까? 어쩌면 아파트를 지은 사람의 잘못이라는 생각도 들었다.

기는 아이를 못 기게 할 수는 없지 않은가. 이제 곧 걸음마도 시작할 텐데. 아이가 걸으면 나는 또 얼마나 더 큰 죄인이 되어야 하나? 눈앞이 깜깜했다. 아침마다 현관문에 포스트잇이 붙어 있을까 봐 문 여는 게 겁났다.

차라리 소리가 날 때 연락을 주면 바로 조심하겠다며 내 연락처를 남겼다. 그후엔 둘째와 있다가 카톡이 오면 혹시나 아랫집일까 봐 마음을 졸이는 상황이 되고 말았다.

하루는 옆집 언니가 점심을 먹으러 돌이 지난 둘째 아이와 우리 집에 왔다. 내가 층간소음으로 스트레스를 받고 있는 걸 누구보다 잘 알고 있는지라 언니도 아이의 발소리에 신경을 곤두세우고 있었다. 그러다 아이가 매트가 없는 곳에서 세 발짝 걸었을 때 '윙~' 하고 카톡이 울렸다. "아이가 방학이라 낮에도 집에 있는데 발소리가 들려서 신경이 쓰이니 조심해달라"고 했다. 평일 낮 1시의 일이다.

옆집 언니는 불편해서 더 있을 수 없다며 서둘러 집으로 돌아갔다. 내가 뭘 더 할 수 없을 것 같았다.

아파트는 공공생활공간이다. 1층과 탑층을 제외하고는 아랫집에 누군가 살고, 윗집에도 누군가가 산다. 윗집에 사람이 사는 이상 사람 사는 소리가 들릴 수밖에 없다. 문제는 그 소리가 어느 정도인지와 아랫집 사는 사람이 그걸 얼마나 용인하는가다. 그 소리가 커도 아랫집이 개의치 않으면 문제가 되지 않을 수 있고, 그 소리가 크지 않아도 아랫집에 따라 문제가 될 수 있다.

윗집과 아랫집은 랜덤이어서 어떤 집은 아이가 막 뛰어다녀도 인터폰을 받는 일이 없고, 어떤 집은 아이가 기는 소리만으로도 주의해달라는 소리를 듣는다. 피해 당사자인 아랫집은 억울하겠지만, 윗집도 스트레스를 받긴 마찬가지다. 층간소음 피해자만 피해자 같지만, 사실 스트레스 지수로만 놓고 보면 층간소음 가해자의 것이 더 클 수도 있다는 얘기다.

아랫집이 우리 집 때문에 스트레스를 받고 있는 건 정말

백 번 미안하게 생각한다. 하지만 우리 역시 충간소음으로 큰 스트레스를 받고 있다.

평소 화가 없는 나와 남편은 오직 이것 때문에 아이들에게 화를 내고 있다. 우리 집은 매트 위에서도 뛰지 못하게 하기 때문에 아이들은 하루에도 몇 번씩 걸음걸이로 지적을 받는 상황이 반복됐다.

집에서 노는 아이들이 걸음걸이로 혼나는 지금의 상황은 뭐가 잘못돼도 한참 잘못됐다. 아이들에겐 집에서 마음 편하게 돌아다닐 자유가 필요하다. 결국 이사밖에 방법이 없다는 게 우리 부부의 결론이었다.

우리는 아랫집에 정중히 장문의 카톡을 보냈다.

"충간소음으로 스트레스를 받고 있다는 것을 잘 알고 있으며 아주 죄송하게 생각합니다. 첫째 아이는 그래도 말을 들어서 집에서는 항상 뒤꿈치를 들고 다니는데 이제 걷기 시작한 둘째 아이는 도무지 말을 듣지 않습니다. 당연히 거실과 복도에는 매트가 깔려 있지만 아이들이 매트 위로만 다니는 게 아니라 충간소음이 완벽하게 해결되지 않습니다. 분명한 것은 우리 부부가 아이들이 뛰는 것을 방치

하고 있는 것은 결코 아니라는 점입니다. 저희 집이 이사를 가는 방법밖에 없는 것 같은데 조금만 기다려 주시겠어요?"

이사를 가야겠다. 아이들이 마음 편하게 지낼 수 있는 그런 집으로.

악플은 오랜만이라

●
◆

★

갑자기 핸드폰 알림이 울리기 시작했다. 브런치에 글을
올리고 난 후 한 시간쯤 지나서였나. 별생각 없이 알림으
로 뜬 댓글을 열었다가 가슴이 철렁 내려앉았다. 악플이었
다. 입에도 담기 힘든 말이었다. 순간 표정이 굳었고, 마음
이 아주 좋지 않았다.

층간소음과 관련해 쓴 글이 포털사이트 다음 메인에 노
출되면서 조회수가 엄청나게 올라갔고 함께 악플이 달리
기 시작한 것이다.

또 알림이 울렸다. 첫 댓글에 벌렁거리는 심장이 가라앉

: 231

기도 전인데 또 악플이다. 머리가 하얘지고 심장이 쿵쾅 뛰었다. 나는 그 자세로 얼어붙었다. 이제 막 두 개의 악플을 읽었는데 또 악플이 달렸다. 계속 알람이 울렸지만 이렇게 댓글을 읽었다간 정신이 너덜너덜해질 것 같았다. 댓글 알림 기능을 끄고 심호흡을 크게 한 뒤 핸드폰을 내려놓았다.

악플은 꽤 오랜만이다. 기자로 일할 때도 종종 받았다. 그때는 사실 아무렇지 않았다. 대부분 기사 내용과 상관없는 '좌파, 빨갱이' 식의 근거 없는 이념적 화풀이일 뿐이라 읽어도 별 감흥이 없었다. 그런데 어제 쓴 글에 대한 댓글은 다르다. 층간소음으로 스트레스를 받는 아랫집 사람들의 화였을 것이다.

몇 개 읽은 댓글의 내용을 순화해서 정리하면, 어떤 사람은 가해자 주제에 스트레스 운운하냐고 했고, 층간소음이 얼마나 스트레스인데 아랫집이 예민하다는 표현을 쓸 수 있냐고 했다. 그 뒤의 댓글은 더 이상 읽지 않아 뭐라고 했는지 알 수 없다. 다만 그 글의 댓글을 읽은 지인들이 더 읽지 말라고 했으니 내용은 뻔하다.

일단 반박하자면, 우리 집은 동네 아이 친구들 집 중에 가장 넓은 면적에 매트가 깔려 있다. 집 모든 곳에 매트를 깔라고 반박할 수 있지만 이사를 결심한 마당에 서재와 드레스룸에까지 매트를 깔 수는 없지 않은가?

우리는 층간소음 문제로 아랫집과 아이들에게 미안한 마음을 갖고 있고 이것으로 스트레스를 받고 있으며 결국 이사를 가겠다는데 이게 그렇게 욕먹을 일인지 솔직히 이해가 가지 않았다.

사람마다 입장이라는 게 있다. 아랫집의 입장이 있고, 윗집의 입장이 있다. 윗집 입장에서 글을 썼던 게 층간소음으로 스트레스를 받는 아랫집 입장의 사람들에겐 불편했을 수 있다고 본다. 나는 다만 아랫집 못지않게 윗집도 힘들 수 있다는 얘길 하고 싶었을 뿐이다. 그리고 스트레스를 받는 건 내 마음이다. 층간소음 유발자도 스트레스를 받는다는데 누가 나의 감정까지 이래라저래라 할 수는 없는 노릇 아닌가.

그러다 말고 문득 내가 왜 시간과 정성을 들여 글을 쓰고 욕을 먹고 있나 하는 생각이 들었다. 아예 글을 쓰지 말아야겠다는 생각이 잠깐 들었다. 그러다가 그래도 글은 써야

지 하면서 주제를 가려 써야겠다는 생각을 하게 됐다. 이
렇게 자기 검열이 시작되는구나.

　연예인들이 악플에 상처받고 눈물을 흘리며 급기야는
자살기도도 한다는 연예뉴스를 보면서 뭐 저런 말에 신경
을 쓰나 쉽게 생각했다. 반성한다. 나는 악플 몇 개에 온
뇌가 공격받는 기분이었으니 셀 수 없이 많은 악플에 시달
리는 연예인들은 오죽했을까.

　오랜만의 악플로 하루 종일 벌렁거리는 심장을 주체할
수 없었던 나는 간밤에 잠까지 설쳤다. 아침에 일어나 보
니 글에 댓글이 한참 더 달려 있는 것을 보고 일단 글은 비
공개로 돌렸다. 작가의 서랍 속으로 들어온 글의 나머지
댓글은 앞으로도 읽지 않을 생각이다.

　누군가는 악플도 글쓴이가 감당해야 한다고 얘기했지
만, 아직 난 그런 그릇은 못되나 보다. 서둘러 글을 내린 걸
보면 말이다. 다시 글을 공개로 돌려놓는다 해도 나는 앞
으로 그 글의 댓글은 읽지 않을 생각이다.

　스스로 꽤 단단한 사람이라고 자부했는데, 악플에 한없
이 벌렁거리는 심장을 보면 아직 멀었다.

살(Buy) 집 말고
살(Live) 집을 찾습니다

●
◆

★

'대기 중인 유치원에 등록 가능한 상태가 되었습니다.'

아이는 대기 1번이었다. 인기 있는 유치원이라 대기 1번도 쉽지 않다는 얘길 듣고 반은 포기를 하고 있었는데 선발이 됐다니. 이사를 가면 가장 보내고 싶었던 유치원이었지만 막상 선발 문자를 받고도 기쁘지가 않았다. 왜냐하면 아직 이사 갈 집을 구하지 못했기 때문이다. 집도 없이 유치원 등록부터 하는 모험을 해야 하나? 머리가 아파온다.

지금 사는 동네에 온 지 4년. 그동안 아이 친구 엄마들은 하나둘 집을 샀다. 집값은 오늘이 제일 싼 거라며 하루라도 빨리 사는 게 이익이라고 했다. 은행에 가면 다 알아서 해주는데 뭐가 걱정이냐고도 했다. 몇 억을 빌리는 게 아무렇지 않은 상황이다. 집값은 계속 올랐고 금리는 그들의 선택을 합리화해줬다. 엄마들 사이에서 하루아침에 몇 천씩 오르는 아파트 이야기를 듣고 있노라면 내가 바보가 된 기분이 든다. 진짜 지금이라도 빚을 내 집을 사야 하나?

사실 2년 전 지금 집에 오기 전에도 매매를 생각했었다. 집값이 계속 오르자 전세로 살던 집의 주인이 집을 팔아버렸고 우린 어디로든 이사를 가야 하는 상황이었다. 그게 2017년 여름 끝 무렵이었다. 남편은 평소 맘에 들어 하던 산 밑의 조용한 아파트를 살까 말까 한참을 고민했다.

집은 마음에 들었지만 문제는 역시 돈이었다. 우리가 가진 돈만큼의 대출이 필요했다. 주변 사람들과 부동산에서는 다 그렇게 산다며 뭐가 걱정이냐고 했다. 우리나라 부동산은 절대 떨어질 리 없다며 대출 이자를 내도 무조건 남는 장사라 했다.

며칠을 고민했지만 사지 않기로 했다. 원래 물건은 돈이 있어야 사는 것이다. 대출을 해서 집을 사는 건 뭐랄까 일반적인 경제학적 매매 상식에서 벗어난다고 생각했다. 그렇게 지금의 집에 전세로 들어왔다. 그 이후 부동산 광풍이 불었고 자고 나면 매매가가 몇 천씩 올랐다. 우리가 사려 했던 그 아파트는 그때의 매매가보다 높은 전세가가 되고 말았다.

내 것이 아니었음에도 솟구치는 매매가를 보며 속이 쓰렸더랬다. 천정부지로 오르던 아파트 값은 정부 규제에 잠시 주춤하는 듯했으나 다시 오름세로 돌아섰다.

'돈이 없으면 물건은 사지 않아야 한다'는 상식적인 물음의 답으로 내린 우리의 결정이 바보의 선택이 되는 비정상적인 상황에서 남편은 그제야 자신의 선택이 틀렸음을 인정했다. 그는 8년 전 신혼집을 구할 때부터 전세를 살지 말았어야 했다고 후회했다. 집값이 떨어질 거라는 선대인의 말을 믿은 자신이 틀렸다며. 그럼에도 그는 아직 믿고 있다. 지금의 집값엔 분명 문제가 있다고.

2년에 한 번 1억씩 올려달라는 전셋집과, 매매가가 치솟는 와중에 집을 판 전 집주인을 거쳐 지금의 집에 전세로 들어왔다. 세 번의 이사를 하는 동안 집값은 한 번도 떨어지지 않고 오르기만 했다.

첫째 아이 초등학교 입학 전엔 집을 살까 싶지만 이 동네 오르기 전 집값을 아는지라 오른 값을 다 주고는 선뜻 집을 살 수가 없었다. 무엇보다 긴 무주택 기간을 그냥 포기하긴 아까웠다. 결국 우린 아파트 분양을 넣어보기로 마음먹었다.

문제는 층간소음 문제로 지금의 전셋집에서도 살기가 힘들다는 것이다. 아이들은 매일 살살 걸으라는 소리를 귀에 못이 박히도록 듣고 있고, 그러다 한 번 뛰기라도 하면 거기에 신경이 곤두서 있는 남편은 무섭게 변한다. 그는 아이들에게 뛰지 말라고 혼내는 일만 아니면 자기가 화낼 일이 없을 것 같다며 이 집을 떠나자고 했다.

여름에 이사 가려던 게 남편의 출장 일정으로 미뤄지다 지금에 이르렀다. 우리가 집을 찾으며 내걸었던 조건은 크게 네 가지다.

첫째, 아이들이 뛸 수 있는 집이어야 한다. 그러려면 아파트 1층 혹은 필로티이거나 주택이어야 한다. 사생활을 중시하는 남편은 아파트 1층은 절대 싫다고 했다. 기왕 이렇게 된 거 주택을 알아보기로 했다.

두 번째 조건은 근처에 어린이집과 유치원, 초등학교가 있어야 한다.

세 번째는 단독주택보다는 관리가 편한 타운하우스였으면 한다.

네 번째는 동네에 아이들이 많았으면 좋겠다.

이런 조건을 들고 집을 찾다 보니 집을 구하기가 더 어려웠다. 집이 맘에 들면 초등학교, 유치원이 멀었고, 이런 시설과 가까우면 집값이 너무 비쌌다.

그러다 찾은 곳이 남편 회사에서 멀지 않은 곳에 위치한 타운하우스 단지였다. 처음엔 매매를 고려했으나 분양을 넣어보기로 한 점, 주택의 경우 나중에 팔기가 힘들다는 점들을 고려해 한 번 더 전세를 살기로 했다. 살다 정말 맘에 들면 그때 매매해도 늦지 않다고 생각했다.

그렇게 몇 집을 거쳐 정원이 맘에 드는 집을 발견했다. 고민하는 사이 그 집은 다른 사람의 차지가 됐다. 그 집이 나가고 난 뒤 전세로 내놨던 다른 집이 물건을 거둬들이며 우리는 이러지도 저러지도 못하는 상황이 됐다.

돈을 벌 수 있는 살(Buy) 집 말고, 그냥 아이들이 맘 편히 뛰놀 수 있는 살(Live) 집을 찾는 게 이리도 어려운 일임을 깨닫는 중이다.

  유치원 선발 문자를 보고 더 막막해졌다. 살 집을 찾으면서도 긴 무주택 기간과 청약통장 가입 기간 등을 계산하는 걸 보면 나 역시 마음 한켠에는 집으로 돈을 벌 생각을 포기하지 못했나 보다. 앉아서 몇 억씩 버는 사람들을 보며 초연해지기란 쉽지 않았음을 고백한다. 집이 이렇게 많은데 우리 집 하나가 없다.

'뛸 수 있는 집'으로
이사했습니다

●
◆

★

아이들이 뛸 수 있는 집으로 이사했다. 결혼하고 세 번째 이사다. 다른 집에서 나올 땐 섭섭한 마음이 남았지만 이번 집을 떠나면서는 아쉬움은 없고 후련함만 남았다.

우린 더 이상 아이들에게 뛰지 말라고 혼내지 않아도 된다. 아랫집의 연락을 받을 때마다 미안하다며 마음 졸이는 일 또한 하지 않아도 된다.

이번에 이사한 집은 몇 달 동안 집을 보러 다니다 지쳐갈 때쯤 만났다. 동네 아파트 필로티라기에 무조건 보겠다고 했다. 집 구조가 어떤지, 집이 얼마나 깨끗한지 등은 따질 처지가 아니다. 아래층이 없는 필로티라지 않은가!

문제는 이사 날짜가 한 달 정도밖에 남지 않았다는 것. 원래 이사 오기로 했던 사람이 계약을 파기하면서 우리한 테 기회가 왔다. 우린 지금 사는 집만 빼면 무조건 하겠다 고 했다.

다행히 우리 집에 들어오겠다는 사람은 몇 됐다. 초등학 교 신학기를 앞두고 전세를 찾는 사람들이 꽤 있었다. 집 값이 계속 오름세를 보이자 집주인들이 매매로 내놨던 물 건들을 거둬들이면서 전세난을 보탰다.

문제는 역시 이사까지의 시간이었다. 우리 집에 들어오 려는 사람도 한 달 안에 자기 집을 빼야 하는데 그게 쉽지 않은 모양이다. 이사는 보통 2~3달 정도의 시간을 두고 움 직이는데, 한 달은 좀 빠듯하긴 했다.

부동산에서는 집을 보지 않고도 계약하겠다는 사람이 있다며 집을 뺄 수 있을 것 같다고 했다. 그래도 혹시나 하 는 마음에 직접 세입자를 찾아보기로 했다. 동네 카페에 올린 글을 보고 한 사람이 저녁에 집을 볼 수 있겠냐고 했 다. 그리고 저녁에 집을 보러 왔다.

그 사람에게 첫째 아이가 이런다.

"우리 집은 뛰면 안 돼요. 뛰면 아랫집에서 전화와요."

그 얘길 듣고 어찌나 식은땀이 나던지. 다행히 집을 보러 온 사람은 다 큰 중학생 아들이 한 명 있다고 했다. 이 사람은 우리 집을 맘에 들어 했다. 하지만 부동산에서는 처음 말한 사람이 계약을 하기로 했다고 했다. 집도 안 보고 계약하겠다는 그 사람은 초등학교 고학년 딸이 하나 있다고 했다.

그렇게 우리는 필로티 집을 계약했다.

이사 가기 전날, 온 바닥에 깔려 있는 두꺼운 층간소음 매트를 팔았다. 이사 갈 집엔 매트 따위 필요 없다. 총 6개의 매트 중 2개는 최근 같은 아파트 3동에서 8동으로 이사를 한 뒤 일주일에 한 번씩 아랫집 인터폰을 받고 있다는 첫째 아이의 친구네 집에 줬다. 아랫집에서는 시끄럽다며 뭐라 하고, 윗집은 또 엄청 뛰고 중간에 끼여서 이러지도 저러지도 못하는 중이라고 했다. 나머지 3개는 중고장터에 올렸다. 올리자마자 네 사람한테서 연락이 왔다. 그중 오늘 밤에 가져간다는 까다롭지 않은 사람에게 팔았다. 나머지 1개의 매트는 그날 밤 아파트 카페에 드림으로 올리니 가져가시겠다는 분이 있어 얼른 넘겼다.

이렇게 우리 집을 뒤덮었던 매트를 모두 없애버렸다.

이사 날, 별일 없이 이사가 끝났다. 정리는 어차피 남편이 직접 하는 성격이라 이삿짐센터 분들은 오후 4쯤이 되자 다 돌아가셨다.

정리해야 할 짐이 한 무더기지만 아이들은 그 먼지 구덩이 속에서도 알콩달콩 잘도 논다. 그 덕에 우리는 늦도록 짐을 풀 수가 있었다. 늦게까지 아이들이 깨있다고 뭐라 할 아랫집이 없지 않은가!

첫째는 습관이 돼서 이사 온 집에서도 발뒤꿈치를 들고 다닌다. 여기서는 그냥 걸어도 된다고 얘기해도 매일 혼나며 체득한 습관인지라 쉬 고쳐지지 않는 모양이다. 전에 살던 집에서는 둘째 걷는 소리가 그렇게 신경 쓰였는데 이 집에서 듣고 보니 또 별거 아니다.

같은 걸 보면서도 상황에 따라 이렇게 마음이 달라지는구나. 원효대사 해골물이 따로 없다. 걸음걸이 하나에 사람이 이렇게 행복해질 수 있다. 둘째를 더 혼내기 전, 이사하길 잘했다.

남편은 나와 만나서 사귀고 결혼해 사는 16년 동안 내게 단 한 번도 화를 낸 적이 없는 사람이다. 그런 남편이 지난 2년 동안은 화를 참 많이 냈다. 그것도 아이들에게. 옆에서 보는 나도 무서울 정도였다. 아이들이 걷고 뛰고 노는 것조차 혼내야 했던 남편의 스트레스를 나만은 짐작할 수 있었다.

이사 첫날밤, 그의 얼굴에 화색이 돈다. 미간의 주름이 다 펴질 것 같은 미소다. 이사 첫날부터 우리 가족은 이사하길 잘했다는 말을 몇 번이고 했다.

이사 둘째 날 저녁, 첫째를 씻기고 나와 로션을 발라주고 있는데 문득 이렇게 말하는 거다.

"엄마, 이 집 너무 좋아! 왜 엄마 아빠가 이 집으로 이사했는지 알겠어."

"왜 이사한 것 같은데?"

"나를 천국에 데려오려고~."

이 말 한마디에 이사로 인한 피곤함이 싹 사라졌다. 집을 알아보러 다니던 그 시간과 노력을 다 보상받는 기분이었다. 한편으로는 지난 2년의 시간이 미안해졌다. 항상 가장 신나 있을 때 뛴다고 혼이 나곤 했던 아이였다.

아이가 좋다니 이걸로 됐다. 그거 하나를 위해 이사한 것 아닌가. 어제도 한 생각이지만 오늘도 같은 마음이다. 이사 오길 정말 잘했다.

내게 세상을 가르쳐준 사람

내 책이 나오면 가장 먼저 누구에게 연락을 할까 생각하자 주저없이 그가 떠올랐다. 내게 기사 쓰는 법을 알려준 사람. 내게 세상을 알려준 사람.

A는 내 첫 직장 사수였다. 입사 때부터 사수는 아니었는데 어쨌거나 그는 내 전체 회사 생활을 통틀어 내 마음 속의 유일한 사수다. 몇 번의 직장을 거쳤지만, 첫 회사 선배들 말고는 직장 동료의 의미가 컸다. 내게 첫 직장은 그랬다. 첫사랑 같은 곳. 내 첫사랑은 성공하지 못했고, 그래서 더 아픈 손가락으로 남아 있는 곳.

감히 말하자면, 나는 사회생활을 A에게 배웠다. 그는

"마침표, 쉼표 하나 손댈 게 없다"는 평가를 받는 기자였다. 쉼표 하나 허투로 찍는 법이 없고, 마침표 하나에도 다 의미가 있다고들 했다. 처음엔 어렴풋하던 그 말을 기사를 쓰며 이해하게 됐다.

그렇다고 A가 기자로서 대단히 훌륭했다고 생각하지는 않는다. 열심히 하지는 않았지만, 잘하는 사람이었다. 그는 항상 내게 말했다. "누가 열심히 하래? 잘하라고 했지!" 그를 보면서 참 신기했던 게 쉬엄쉬엄 하는 것 같은데도, 자기 할 일은 또 제대로 했다.

A는 사람에게 참 잘했다. 물론 내게만 잘한 건 아닐거다. 나 이전에 그의 후배 자리를 거쳐 간 수많은 기자들에게도 분명 진심을 다해 잘했으리라. 마음을 다해 잘하고 설득하고 붙잡다 그만두면 상처받고, 그리고 다시 입사한 기자에게 잘하고 상처받고를 반복했겠지. 나 역시 그에게 그런 후배는 아닐까. 갑자기 미안한 마음이 앞선다.

자신의 취재처를 물려주면서 내게 자신의 사람들까지 내어주었다. 취재하는 법, 기사 쓰는 법을 알려주고, 사람들에게 마음을 다하는 법을 몸소 보여줬다. 칼퇴하는 그에게 목소리 높여 인사하는 나를 불러 '퇴근하는 사람에겐 인사하지 않는 것'이라며 사회생활의 기본을 알려준 유일한 사람이다.

사람들에게 이따금 선물을 잘했고, 맛있는 밥을 잘 샀다. 목동역 전망 좋은 스카이라운지 바에 처음 데려간 것도 그였다. 후배들에게 그렇게 밥을 사고 술을 사기엔 그의 월급이 그리 충분하지 않았으리란 건 철이 좀 들고 나서야 알았다.

A에게 흥미로운 지점은 또 있다. 그의 아버지와 형이 목사였는데, 그는 교회에 다니지 않았다. 교회는 안 가지만 믿음은 또 신실하다. 하나님을 믿고 성경 말씀은 목사님처럼 꿰고 있지만 술과 담배는 또 거하게 했다. 뭐 이런 아이러니한 사람이 다 있나! 목사님 아들인데 교회를 안 다니고 열심히 안 하는데 잘하는, 그런 반전의 매력이 그에겐 있었다. 그래도 자신의 기사로 기자들의 수능시험 취재행태가 바뀌고, 그것들이 모여 세상을 바꿀 수 있다고 믿던 그는 낭만가였다.

그와 함께한 직장생활은 3년 6개월 남짓. 다른 선배와도 같은 팀을 했지만, 오직 A와 함께한 팀만이 내 기억에 남아 있다. 그는 선배로서 권위적이지 않았고, 기사를 잘 쓰는 기자였으며 사람에게 잘하는 좋은 선배였다. 좋은 사수를 만나는 게 얼마나 큰 복인지, 직장생활을 해본 사람들은 알 것이다. 그런 의미에서 나는 참 복이 많았다. 내내 그런 생각을 했다.

지금 내가 이렇게 글을 써서 먹고 살고, 책을 내는 것은 상당부분 A가 내게 가르쳐준 많은 것들이 모여 이뤄진 것이라 믿는다. 책이 나오면 오랜만에 선배에게 전화를 해야겠다. 선배는 내 인생에 정말 큰 영향을 주었다고. 덕분에 이 책이 나왔노라고. 참으로 고맙다고. 밥 한번 먹자고.

아이 앞에서는 핸드폰 안 하겠습니다
(김해연)

육아휴직 중인 고등학교 수학교사의 심각한 핸드폰 중독 탈출기

첫째를 낳고 엄마가 된 게 그저 얼떨떨했다. 누워서는 10분도 안 자는 초절정 예민 아기와 6개월을 보내던 중 건강하시던 친정아버지가 갑자기 뇌졸중으로 쓰러지셨다. 처음에는 아빠가 돌아가시기라도 할까 봐 두려워하며, 핸드폰을 손에 꼭 쥐고 있었다. 눈 앞 세상은 눈물짓는 일 가득이었지만 핸드폰을 보면 현실을 잊어버리고, 웃음이 났다. 그러다 결국 핸드폰 중독자가 되었다. 얼마 남지 않은 금쪽같은 육아휴직 기간에 핸드폰만 바라보며, 아이들의 엄마 찾는 목소리에는 귀찮음으로 대꾸했다. 반성하며 '아이 앞에서라도 휴대폰 하지 않기'를 결심하고, 실천하는 과정을 글로 남겼다.

핸드폰을 내려놓고 다이어트에도 성공, 77 사이즈에서 벗어나 제법 군살 없는 몸매로 거듭났다. 의외로 자신의 몸이 발레에 적합한 체형이란 걸 뒤늦게 발견하고, 오늘도 만나는 사람마다 발레의 재미와 효율성에 대해 전도하고 있다.

달리니까 좋다, 엄마 간호사!
(정희정)

빨간 카디건을 걸친 쇼커트 간호사 엄마의 씩씩한 성장기

대학병원 간호사로 첫 직장의 발을 내디뎠다. 불안정한 경제생활과 결혼생활을 하며 다양한 분야(법률사무소 의료소송 간호사, 보험회사 계약심사 간호사, 임상시험 수탁기관 간호사 등)에서 일을 했다. 두 아이의 엄마가 되고 마흔이 다가오니 '나'에게 맞고 가족을 좀 더 챙길 시간이 허락되는 일을 하고 싶었다. 그래서 헬스케어회사의 방문 간호사가 되었다.

아직은 우리에게 생소한 양압기 간호사. 매일 차를 운전하고 환자를 방문해 양압기 사용법을 설명해주고 상담을 한다.

주차위반은 일상, 헤매는 건 필수지만 다시 일을 시작해서 좋았고, 달리니까 더 좋았다!

오늘도 새로운 사람을 만나고 새로운 곳을 방문한다. '혼자' 점심을 먹는 날이 많고 '혼자' 일하는 시간이 대부분이다. 예전처럼 얘기도 나누고 함께할 수 있는 동료가 그립기는 하지만 이 직업을 이제 '나'에게 즐겁게 맞추어가고 있다.